書下ろし

隠密家族 抜忍《ぬけにん》

喜安幸夫

祥伝社文庫

目次

一　好々爺光貞《こうこうやみつさだ》

一

春の気配とともに乾いた土を砕《くだ》き、畝《うね》までこしらえているのだから、霧生院《きりゅういん》の庭は狭いながらも本格的といえた。

「ほーっ、堅田返《かただがえ》しまでなさっているのですか」

と、縁側に古着や小間物をならべた行商人も珍しそうに言った。

近郊の村々では毎年の光景だが、江戸は神田《かんだ》のしかも須田町《すだちょう》で堅田返しなど、霧生院の庭でしか見られないだろう。

それに加え一見《いちげん》の者が驚くのは、十四歳になり母から受け継いだ美形に、出自《しゅつじ》からくる品のよさを秘めた佳奈《かな》が、遊び人の留左《とめざ》と一緒に裸足《はだし》で土を踏み、鍬《くわ》を手にしている姿である。

つい数年前までは町内の童《わらべ》たちに混じって柳原土手《やなぎわらどて》や神田川《かんだがわ》の川原で飛び跳ねていたのが、いまでは薬湯の調合から鍼《はり》はまだ早いがお灸《きゅう》では一林斎《いちりんさい》の代脈《だいみゃく》をつとめ、産婆仕事では冴《さえ》の薬籠持《やくろうもち》で一緒に町々を走っている。

「さすがは霧生院のお嬢だ」

と、町内の者には薬草の栽培とともに、当然のように見慣れたすがた光景で、

「あの鍼灸《しんきゅう》の療治処も、娘とはいえ、これ以上の跡取りはいないぞ」

町の者が言うのも、一林斎と冴の耳に幾度も入っている。

そうした声を聞くたびに、一林斎と冴の苦悩は倍加した。

しかも紀州徳川家第二代藩主であった光貞《みつさだ》が内藤新宿《ないとうしんじゅく》で、料亭の庭を冴と一緒に散策する佳奈を見つめ、さすがは隠居をしても五十五万五千石の太守か、たちどころにわが娘であることを看破し、高鳴る心ノ臓を抑《おさ》え、

「――佳奈に告げるのはのう……いつにするか、おまえが判断せよ」

と、血のつながりの証《あかし》となる、金箔の葵《あおい》の紋が打たれた脇差《わきざし》と印籠《いんろう》を一林斎に託したのは、わずか一月《ひとつき》半ばかり前の元禄《げんろく》十二年（一六九九）如月《きさらぎ》（二月）のことだった。

その脇差と印籠はいま、霧生院の納戸《なんど》の奥へ隠すように仕舞《しま》われている。まだ、佳奈に見られてはならないのだ。

一林斎と冴が心を砕いているのは、それだけではなかった。

光貞の末子《ばっし》となっている、松平頼方《まつだいらよりかた》こと源六《げんろく》がこの春、参勤交代で江戸へ出府してきたばかりなのだ。光貞の若君や姫君のなかで母をおなじくするのは、源六と佳奈だけである。このことからも、当人たちが知らない血の結びつきは、光貞の他の若君や姫君たちよりも断然強いのだ。

その源六が越前国《えちぜんのくに》丹生郡《にうぐん》葛野《かずらの》藩三万石の藩主として江戸へ出府しても、江戸藩邸も持たない藩であれば、光貞が隠居所としている千駄ケ谷《せんだがや》の紀州藩下屋敷を仮の藩邸として入っている。

一林斎と冴の夫婦が心中穏やかでおられないのは、

「——あの源六君の気性だ。いつ屋敷をふらりと出て、どこで佳奈とばったり出会うか知れないぞ」

そのことであった。現実性は高い。源六は佳奈より二歳年上の十六歳である。源六が妾腹《しょうふく》として江戸藩邸ではなく和歌山城内に暮らしていた幼少のころ、城下の町々から村々へ、さらに川原に海岸へと走り、市井《しせい》を知り奔放《ほんぽう》な性格へと薫陶《くんとう》したのが、

一林斎と冴だった。そのとき、

——まるで兄妹のごとく

城下暮らしの佳奈は、武家地から飛び出てきた源六と一緒に泥まみれになり、おちこちを駈けめぐっていたのだ。

江戸の町角でばったり会えば、その〝奇遇〟に二人は仰天し、手を取り合って再会を喜ぶのは必至だ。

だが、そのあとどうなる。予測がつかない。確かなことは一つ、紀州藩薬込役《やくごめやく》の江戸潜《ひそ》みの組頭《くみがしら》として、神田須田町に〝鍼灸　産婆〟の療治処を開いている生活《たつき》が激変することだ。それが佳奈のためになるかあるいは逆か、そのときになってみなければ分からない。ただ、葵御紋の脇差と印籠を前に、

「——護《まも》るのじゃ、慥《しか》と」

言ったとき光貞は、凝《じ》っと一林斎を見つめていた。

甲賀《こうが》のながれを汲《く》む薬込役組頭として、源六の命と合わせ、これが光貞から与えられた、一林斎と冴夫婦の役務なのだ。

頼方こと源六が江戸入りした当初は、

「いましばらくは、この療治処に専念できようかな」

「そう願いたいものです。源六君には、お辛《つら》いことでしょうが」

「そうよのう」

佳奈が煎じ薬を患家へ届けに出かけ、待合部屋で順番を待つ患者もいなくなったとき、灸のにおいが残る療治部屋で一林斎と冴は話した。

若くいかに不羈《ふき》奔放とはいえ、三万石の大名としての初めての江戸参勤だ。要路への挨拶《あいさつ》もあれば、とりわけ将軍家への拝謁には幾日もの調整期間が必要となる。わけても源六は、二年前に綱吉《つなよし》将軍の紀州藩上屋敷御成《おなり》のとき、若年ながら物怖《ものお》じしない態度と利発なようすが気に入られ、その場で三万石を賜《たまわ》ったのだ。もちろん光貞の存分の根まわしがあったのは言うまでもない。それは同時に、生涯最後の側妾《そくしよう》となったお由利《ゆり》の方への光貞の愛情と、由利の出自《しゆつじ》が〝下賤《げせん》の身〟故《ゆえ》に源六が〝徳川〟姓を名乗れなかったことへの償《つぐな》いでもあった。

このことからも、光貞が佳奈に葵御紋の脇差と印籠を与えたことの意義は大きい。

そうしたお家の内情はともかく、

「わしは願《ねご》うて大名などになったのではないぞ！」

葛野藩家老の加納久通《かのうひさみち》に、江戸暮らしの窮屈さへの憤懣《ふんまん》をぶちまけるほど、頼方こと源六は多忙な日々を強《し》いられている。

お忍びで、ふらりと町場へ出る暇《いとま》などあろうはずがない。

だが、一林斎と冴が緊張を覚えざるを得ない知らせが、千駄ケ谷からあった。

霧生院の縁側で薬研《やげん》を挽《ひ》いていた佳奈が、

「あら、際物《きわもの》のロクジュさん」

と、庭に目をやったのは、月が卯月《うづき》（四月）に変わって数日を経た日の夕刻近くだった。福禄寿のように額の張った頭に頰《ほお》かぶりをしたロクジュが、霧生院の冠木門を入ってきた。源六が千駄ケ谷の下屋敷に入ってから、十日ほどを経ている。

ロクジュは千駄ケ谷の小さな街並みに暮らし、季節によって行商の品を変える際物師をおもての生業《なりわい》とする、人に隠れた薬込役の一人である。いまは一林斎配下の江戸潜みで、葛野藩の江戸藩邸となっている紀州藩下屋敷の動静を、神田須田町の霧生院に逐一伝えるのを役務としている。

『痛《いて》ててっ』

と、緊急のつなぎなら急患をよそおい、腹か腰をさすりながら冠木門を入り、そのまま縁側から療治部屋に上がり込むのだが、

「へいっ、ご免なすって」

と、待合部屋のほうへ入った。火急の用ではないようだ。

待合部屋には腰痛の婆さんが一人待っているだけで、

「あんれ、まだお若い人なのに、どこか傷《いた》めたかね」

「へえ。行商なもんで、足がちょいとむくみやしてね」

などと、すっかり慣れた江戸言葉で婆さんと話しているのが、板戸一枚隔てただけの療治部屋に聞こえてくる。遠国《おんごく》潜みの薬込役にとって、潜んだ土地の言葉を使いこなすのは重要な要素である。

それに待合部屋でのんびりと話し込むのが、療治部屋の一林斎に火急の用でないことを知らせることにもなる。だがそのなかで、

「ともかく痛みましてなあ。それがまた激痛で」

「そりゃあいかんがな。早《はよ》う鍼でも打ってもらいなされ」

板戸越しに聞こえてくる。急がないが重要な用件のあることが、それによって一林斎と冴には分かる。

腰痛の婆さんの療治が終わり、ロクジュの番になった。

「佳奈、つぎの患者さんは私一人で大丈夫だ。暗くならないうちに夕餉《ゆうげ》の支度を」

「あら。お灸ならわたしにもできるのに」

佳奈は不満そうに薬研をかたづけ、冴と一緒に奥へ引き揚げた。

庭の薬草も縁側も夕陽を受け、部屋はまだ明るい。

二

「さあ」

一林斎の声と同時に板戸が開き、

「組頭！」

と、さきほど腰痛の婆さんと話していた声とは違い、低い声に深刻な表情でロクジュは療治部屋に入ってきた。

「どうだ。大名としての江戸下向《げこう》に、もう辟易《へきえき》しておいでじゃろ」

向かい合わせに胡坐《あぐら》を組むなり一林斎は抑えた声で言った。光貞から松平頼方なる名をもらっていても、一林斎や冴にとってはあくまで源六は源六であり、佳奈の思い出にあるのは〝源六の兄《あに》さん〟である。かりに佳奈が、松平頼方の名を耳にしても、それはまったく知らない人に聞こえるだろう。

「お察しのとおり、葛野藩家老の加納久通さまなど、まだ三十路《みそじ》にも満たないと聞きますが、まるっきりの守り役になだめ役のようだとヤクシが言っておりました」

「ふむ。目に見えるようだ」

一林斎は笑みを浮かべた。

ヤクシも一林斎配下の江戸潜みの薬込役で、光貞が第二代藩主として赤坂《あかさか》御門外の上屋敷にあったときから、下屋敷で紀州藩極秘の憐み粉《あわれこ》を調合し、上屋敷に運んでいた役付中間《やくづきちゆうげん》である。中間であっても役付であれば藩にとっては貴重な存在で、光貞の隠居後、嫡子の綱教《つなのり》が第三代藩主となってからも、変わらず下屋敷で憐み粉を調合している。

そのヤクシがいつも、下屋敷を出てすぐ近くの町場に暮らす際物師のロクジュに、源六の日常を知らせているのだ。

「ですからお忍びで外に出る余裕などなく、憐れなほどなのですが、実は気になることが伝わってまいりまして」

「ふむ。いかような」

「上屋敷の氷室《ひむろ》どのからです。さらに小泉《こいずみ》どのが裏を確認されまして」

ロクジュはいっそう声を落とした。

光貞の腰物奉行をしていた小泉忠介《ただすけ》が、光貞の隠居に従って千駄ケ谷の下屋敷に移ってから、上屋敷の動向は探りにくくなった。だが、藩主が政務を執る中奥《なかおく》と正室や若君、姫君たちの居住する奥御殿との使番《つかいばん》の中間をしている氷室章助《しょうすけ》が、その穴をよく埋めていた。下屋敷からヤクシが持って来た憐み粉を受け取り、それを中奥と奥御殿に運ぶのが氷室章助の役目で、それの撒《ま》き方を家士や腰元たちに指南するのも氷室だった。

「中間のくせに器用なやつ」

と重宝がられ、それだけ奥御殿の腰元や中奥の家士たちから、さまざまな動きや噂《うわさ》を耳に入れやすかった。戦国忍者の胡椒玉《こしょうだま》から、お犬さまを避ける憐み粉を考案したのが一林斎であれば、その扱いにこれら薬込役たちが精通しているのは当然といえようか。

江戸潜みの薬込役のなかで唯一、武士の形《なり》をしているのが光貞の腰物奉行である小泉忠介だ。光貞の腰物奉行であれば、みずから用事をもうけて上屋敷に戻り、綱教の動きを探るのは不可能ではない。江戸潜みの組頭《くみがしら》が霧生院一林斎であれば、小泉忠介はその小頭《こがしら》といえた。

「光貞公が按配《あんばい》され、頼方さまが上屋敷へ江戸下向の挨拶に行かれようとしたのを、綱教さまがあからさまに拒絶されました」

「なんと!」

それは、予測されたことではあった。しかし一林斎が驚いたのは、隠居した光貞の下知《げじ》を、藩主となった長子の綱教が婉曲《えんきょく》にではなく、〝あからさまに拒絶〟したことである。

さらに驚くというより、警戒すべきことがあった。

光貞が綱教に下知したのは、小泉忠介をともない直接上屋敷に出向いてのことであったが、その拒絶を綱教は文《ふみ》で知らせてきた。

そこには、

――紀州徳川家ならびに私の向後《こうご》を思えば、頼方をよしなに遇するは難しきことと推考《すいこう》いたし……

さように認《したた》められていたというのだ。

一林斎はうなずき、

「小泉はなんと申しておった」

「はい。光貞公におかれましては、一読されるなり文を投げ捨てられ……」

「――愚考《ぐこう》じゃ」

吐き捨てるように言ったという。

「うーむ」

一林斎は低くうめき、療治部屋にはしばしの沈黙がながれた。

ちょうど一年前、光貞が隠居したときだった。

「――ふふふ。〝出自の賤《いや》しき者〟から、余は祝辞など受けぬぞ」

第三代藩主に就いた綱教が言ったのは、江戸潜みの薬込役たちにも伝わっている。

それは国おもてにも伝わり、葛野藩主だが和歌山城内に暮らしていた源六は祝賀の口上を述べに、江戸へ下向することはなかった。

さらにまた、大名として参勤交代で江戸へ出府する源六の命を綱教配下の薬込役が狙ったが、一林斎配下の薬込役たちはよく護り抜いた。

そこへ〝向後を思えば〟の一文である。

隠居の光貞に、綱教はおのれの野望を吐露したのだ。

――将軍
の座である。

紀州徳川家の第三代藩主で正室が綱吉将軍の姫君・鶴姫《つるひめ》であれば、それは手の届かない夢では決してない。

しかし一方、綱教の夢が絶対に叶《かな》わないことを知っているのは、この世では一林斎と冴、それに冴の父親である薬込役大番頭《おおばんがしら》の児島竜大夫《こじまたつたゆう》の三人のみである。当人が知らないのは当然ながら、光貞にも三人は秘匿している。

それが洩《も》れない限り、なにも知らない綱教の思考が、すべて将軍の座に向けてのものとなるのは自然なことであろう。

（頼方をよしなに遇するは難しきこと……〝出自の賤しき者〟が親族にいたのでは、将軍位どころか親戚筋の上杉《うえすぎ》家や吉良《きら》家に対しても申しわけがない）

その発想から、かつて光貞の正室・安宮照子《やすのみやてるこ》はさまざまな手段を用い、源六をこの世から抹殺しようと謀《はか》った。その思考を綱教は継承している。生まれてより奥御殿に暮らし、宮家の出である照子の影響を受けておれば、それは綱教にとってはおのれのためでもあり、同時に照子の遺訓でもある。

（頼方ごときはよしなに遇するどころか、消し去らねばならない）

現に源六の参勤交代の江戸下向に際し、新藩主の綱教に従う薬込役を使嗾《しそう》して亡き者にしようとしたが、果たせなかった。

あきらめるはずはない。

夫婦として城下潜《い》みであった一林斎と冴が、佳奈が生まれると同時にわが子として育て、いままでその血筋を隠しつづけて来た理由はそこにあった。

佳奈が生まれる前から、母親であり光貞の最後の側妾となったお由利の方は、当時二歳であった源六とともに命を狙われていた。理由は〝出自の賤しき者〟で、徳川一門に存在してはならない……と、正室の安宮照子が判断したからだ。由利が命を絶たれたのは、照子の遣《つか》わした刺客《しかく》のためだった。このとき一林斎と冴は、生まれたばかりの赤子は護り抜いた。由利はおのれの命と引き替えに佳奈を産んだのだ。由利の胎内から佳奈を取り上げたのは冴だった。

一林斎と冴、それに大番頭の児島竜大夫は、由利の腹から女児の生まれたことを光貞にも秘匿した。これほど完璧な防御はない。しかも冴は竜大夫の娘であり、霧生院家が戦国から続く甲賀の名門であれば、これほど信頼の置ける組み合わせはない。

「――だから佳奈は、生まれたときからわたくしの子なのです」

冴にはその意識が強い。

陽が落ちた。卯月（四月）であれば、急速に暗くなることはない。

「トトさま。夕餉《ゆうげ》はどうします。カカさまがロクジュさんも一緒にどうかと」

佳奈が声をかけ、療治部屋の板戸を開けた。

二人が向かい合わせに座っているものだから、

「あらら。療治はもう済みましたのか」

言いながらその場に座り込んだ。

「あぁ。足に鍼を打っただけだからなあ。この患者は際物の行商であちこちをまわっておいでてなあ。おもしろい話をいろいろ聞いていたのだ」

「まあ。で、お食事は」

「そうそう。まだ聞きたいことがあってな。二人分、ここへ運んでくれ」

「だったらわたしもカカさまも一緒に」

「いや。佳奈は向こうでカカさんと食べていなさい」

「えっ？　そう」

佳奈はまた不満そうに立ち、すでに用意はできていたか、すぐに二人分の膳を運んできて、

「町のおもしろい話なら、わたしも聞きたいのに」

と、頰をふくらませ板戸を閉めた。

その表情は、不満というよりも怪訝《けげん》そうな色を刷《は》いていた。

療治部屋でまた二人になるとロクジュは、いただきますではなく佳奈の閉めた板戸に胡坐のまま一礼し、

「もったいのうございます」

さらに膳に向かって手を合わせた。膳は麦飯に焼き魚に味噌汁といったありきたり

のものだが、五十五万五千石の姫君が運んできたのだ。本来なら〝佳奈ちゃん〟や〝お嬢〟ではなく、〝佳奈姫〟なのだ。

「ロクッ」

一林斎は低く強い口調を浴びせた。

佳奈が光貞の子で、頼方こと源六の妹であることは、江戸潜みの薬込役たちはうすうす気づいている。だが口にしてはならず、僚輩《りようはい》同士でも話題にしてはならないことが、自然に不文律となっている。佳奈が霧生院という鍼灸療治処の娘ではなく〝佳奈姫〟となれば、源六君と同様にたちまち〝敵〟の標的になることを、江戸潜みの薬込役たちは承知しているのだ。しかも源六と違って町場暮らしとあれば、たとえ一林斎と冴がそばについていても、波状に仕掛ければ葬《ほうむ》る機会は見いだせようか。

ロクジュはハッとしたように、

「こ、これは失礼を。以後、気をつけまする」

真剣な表情で、亀が首を引っ込めるような仕草をした。秘密が外部に漏れるのは、往々にして仲間内の噂話からでもあることを、薬込役たちは心得ている。

「さあ。それは忘れ、食べながら話のつづきだ。綱教公の愚考までだったなあ」

「へえ」

と、恐縮しながらもロクジュは、

「綱教さまは一度の失敗には懲《こ》りず、照子さまご存命中のように、この江戸で二波、三波の手を講じられるのではないか……と、小泉どのが」

「言っておったか」

「はい」

「むろん、仕掛けて来よう。だがな、照子さまが動員した京の陰陽師どもはもう懲《こ》りていよう。だとすると、綱教公はこの前のようにわれら薬込役の分断を策し、それをぶつけて来よう。それは国おもてで大番頭が目を光らせておいでだから、儂《わし》が大番頭とのつなぎをいっそう密にしよう。恐ろしいのは、綱教公がいずれかの遠国潜みの者を掌中《しょうちゅう》にし、君命として源六君への刺客に仕立てることだ。そうなれば大番頭にも把握はできず、われらも防御が困難となるかも知れんぞ」

「そのことです。わしがきょうここへ来たのは、小泉どのもそこを懸念され、組頭にわれら一同が集まるように下知していただきたい、と」

「ならぬ！」

「えっ」

一林斎の強い口調にロクジュは驚いたような声を上げ、慌てて口を押さえた。居間にいる佳奈に聞こえたかと思ったのだ。

一林斎は声をひそめ、

「考えてもみよ。綱教公は腰物奉行に据えた矢島鉄太郎《やじまてつたろう》を使嗾《しそう》し、われら江戸潜みの薬込役を割り出すのに懸命になっているはずだ。小泉が上屋敷にいたころとは事情が違うぞ。そうしたときに、われらが一堂に集まるのはきわめて危険だ。それによしんば一堂に会したとて、さきほど言った話を確認するだけで、儂から下知することは一つしかない」

「いかな」

「〝敵〟が源六君を狙うとすれば、お忍びで町場へ出られたときだ。それは当分なかろう。それにいまは下屋敷で、葛野藩家老の加納久通どのが源六君にぴったりついておいでのはず。そのあいだに、綱教公よりも矢島鉄太郎の動向を見張り、屋敷外で誰か見知らぬ者とつなぎを取っておらぬか探り出すのだ。新たな〝敵〟の影さえつかめば、そのときに全員で鳩首《きゆうしゆ》し対策を講じようぞ。いまは唯一、上屋敷にいる氷室の役務が重大であることを小泉に申しておけ」

「はっ、慥《しか》と」

町人髷《まげ》で行商人姿のロクジュは武士言葉で応《こた》え、胡坐のまま一礼した。町人姿を扮《こしら》えているときは、話すのも町人言葉でなければならないところ、際物師であるのを忘れるほど、ロクジュは緊張していたのだろう。一林斎は敢《あ》えてそこを咎《とが》めることはなかった。一林斎も緊張しているのだ。姿の見えない敵ほど、不気味で恐ろしいものはない。

夕餉の膳が空になった。気がつけば庭は薄暗くなり、屋内では行灯《あんどん》の灯りが必要なほどとなっていた。

「トトさま。灯りを用意しましょうか」

板戸の向こうにまた佳奈の声が立った。

「うむ。ロクさんはもうお帰りだ。提灯《ちょうちん》を持って来なさい」

「いえ。持って来ておりまさあ」

「あら、用意のいいこと」

板戸を開けないまま佳奈は返した。冴にそう言われたのだろう。

縁側でロクジュがふところから出した提灯に佳奈が火を入れ、

「で、ロクジュさん。いまはなにを商《あきの》うておいでじゃ」

「あはは。もうすぐ夏じゃろ。蚊帳《かや》などを売り歩こうと思っているのでさあ」

ロクジュは町人言葉で応え、

「それじゃあっしはこれで。おかげで足腰が軽うなりましたじゃ」

一礼し、冠木門を出るロクジュを、一林斎と佳奈は縁側から見送った。

一林斎は気になった。佳奈はロクジュには笑顔を見せていたが、一林斎には不機嫌そうに黙ったまま、療治部屋の膳のかたづけにかかったのだ。

以前にも一時反抗的になった時期はあったが、それは成長する過程での年齢的なものだった。だがこたびは、

（違う）

ちかごろ一林斎は感じはじめていた。

居間の隣の部屋で、佳奈はもう寝息に入ったようだ。

一林斎と冴が蒲団《ふとん》をならべる居間には、まだ淡い行灯の灯りがある。

「あのころが懐かしいですねえ」

一林斎からロクジュの話を聞いた冴は、かつてを思い出すようにふと言った。一林斎にはその意味がすぐ分かった。

和歌山城下を引き払い、神田須田町に鍼灸療治処を開業し、江戸での潜み暮らしが始まってからしばらく、一林斎と冴の蒲団のあいだには佳奈の小さな蒲団があった。

〝家族〟が〝川〟の字になって寝ていたのだ。

冴は、一林斎が江戸潜み全員の談合を先延ばしにした理由の一端を解した。

もちろんその一つは、安宮照子を葬ったあと新たな〝敵〟となって浮上した、綱教公の腰物奉行・矢島鉄太郎の目を警戒してのことである。

それよりも、ちかごろ佳奈が、

（おかしい）

それは冴も感じ取っていた。きょうもそうだった。

（わが家は、どこか奇妙だ）

佳奈が感じはじめている節があるのだ。

漢籍を学び、薬草学を学び、鍼灸の実技を徹底して仕込まれ、産婆の技も実地に教え込まれるのは、家が鍼灸・産婆の療治処で自分のほかに子がいないのであれば、

（自然のこと）

幼少のときから、考えるまでもなくそれは佳奈の体の一部となっている。

しかし、冴が手裏剣を教え、ときには一林斎が薬草掘りに使う苦無《くない》を、武器として扱うことまで教える。

冴はそのことを、

「——往診で帰りが夜遅くなったときや、野や山へ薬草採りに行ったときなど、どんな乱暴者に遭遇しないとも限りませんから」

言っていた。

（ならばわたしも、武術をすこしは心得ていなくては）

佳奈は納得して手裏剣にも苦無にも真剣に取り組んだが、ときには驚くことがあった。

（えっ。カカさまもトトさまも、ほんとうに鍼灸師にお産婆さんだけ⁉）

と、冴の手裏剣も一林斎の苦無の技も、いかなる剣豪とも互角に立ち合えるほどなのだ。

それだけではなかった。ときおり来る奇妙な患者たちである。きょうの際物師のロクジュもその一人だ。印判師の伊太《いた》もハシリもそうだ。それら気のいい患者が来たとき、決まって佳奈は薬草届けや夕餉の用意などと座を外させられた。

まだある。ときおり一林斎は一人で往診に行く。

増上寺《ぞうじょうじ》へ吉良上野介《こうずけのすけ》の療治に行ったときさえ、一林斎は佳奈を薬籠持《やくろうもち》に連れて行き、佳奈の利発さが上野介の気に入り、お菓子までもらっている。

（それがどうして一人で）

佳奈が行きたいと頼んでも連れて行かない。

七、八歳の女童《めわらべ》のときならまだしも、すでに佳奈は十四歳である。

(霧生院《うち》はなにやら特殊な家ではないのか)

思いはじめても不思議はない。そう思う材料が、そろい過ぎている。むしろこれまで、すなおに従ってきたのが不思議なほどだ。

薬込役の談合をさきに延ばしたのは、そうした佳奈のようすを思えば、また一人で〝往診〟に出かけられるものではない。

『わたしも薬籠持に』

言う佳奈をふり切って出かけたなら、それこそ佳奈は冴の制止をふり切って、一林斎のあとを尾《つ》けるかも知れない。

「おまえさま。いっそう……」

「うっ。いや、しかし……」

冴の押し殺した声に、一林斎は慌てたような口調で返した。

いっそう、霧生院が紀州徳川家の遠国潜み《い》であることを話し、佳奈に自覚を持たせましょうか……冴は言おうとしたのだ。ロクジュや印判の伊太であるイダテンも、それによって霧生院に出入りしやすくなり、一林斎も仕事が存分にできるようになる。

しかしそれは、十四歳の娘には酷《こく》ではないか……。それに、紀州徳川家の〝姫〟であることはどうする。それを証拠づける〝品〟が、この家屋内にあるのだ。光貞公より賜《たまわ》った、葵の脇差と印籠である。

二人は明確な言葉を舌頭に乗せられないまま、その日も淡い行灯の火を消さざるを得なかった。

翌日には、

「いようほっほ。さあ佳奈お嬢、ここにはなにを植えるんでえ」

「ほらほら、留さん。もう植わっているから、足元に気をつけて」

薬草畑を耕しに来た留左と、足を土にまみれさせている姿に、二人はいくらかの安らぎを得ていた。

三

千駄ケ谷の下屋敷に暮らす源六は、一林斎の予想したとおり将軍家や幕閣、各大名家への挨拶やその調整など多忙な日がつづいていた。和歌山のように自儘《じまま》に出歩く余裕などなく、さらに家老の加納久通がいては、若い殿さまとしてその補佐どおり動く以外になかった。

「さぞ窮屈なことでありましょうなあ。お可哀相に」

源六の不羈奔放な性格を知る冴にすれば、つい同情の言葉が出てくる。

しかし一林斎は言った。

「いや、源六君はすでに十六歳だ。雪国の三万石に収まる人ではない。大名としての経験を、ここで積んでもらわねばなあ」

「そう。そうですよねえ」

冴はそれを肯是《こうぜ》するよりも、さらに後押しするような口調になった。

「ともかく、当面は平穏と見てよかろう」

一林斎は話を締めくくるように言った。夕刻近く、居間で話しているところへ佳奈が入ってきたのだ。

実際、源六が息のつまるほど窮屈で面倒な思いをしているのを除けば、綱教と矢島鉄太郎にも怪しげな動きはなく、神田須田町の霧生院は平穏に町の療治処としての日々を送っていた。考えてみれば、大名として日々を送っている源六に、刺客など差し向けられるものではない。それに源六が息をつまらせふらりと外へ出ても、千駄ケ谷の下屋敷には小泉忠介とヤクシ、屋敷近くの町場にはロクジュと、江戸潜み三人の目がある。

それでもやはり、一林斎には赤坂御門外の上屋敷の動きが気になる。矢島鉄太郎の存在だ。そこには中奥と奥御殿の使番をしている氷室章助が目を光らせている。

「まだこれといった動きはありやせん」

と、赤坂の町場に印判師の伊太の名で住みついているイダテンが氷室からのつなぎを得て知らせに来たことがある。佳奈にとっては〝肩こり〟で幾度も来ている馴染《なじ》みの〝患者〟である。この〝患者〟のときも、佳奈は他の用事を言いつけられ、療治部屋から出されていた。

このとき佳奈は、療治部屋で胃痛の爺さんに灸を据えていた。療治が終わり、次がイダテンというとき、

「そうそう、佳奈。忘れていた。角の八百屋の婆さん、咳《せき》止めの薬湯がまだあるかどうか見てきてくれ。なかったら煎じて……」

「いえ、トトさま。つぎはいつも肩こりの伊太さんでしょう。わたしが灸を」

一林斎が言ったのへ、佳奈は逆らった。珍しいことだ。

このとき冴は隣町の妊婦のようすを診に行き、療治部屋にいなかった。

「佳奈、さあ早く」

「いえ。わたしが伊太さんに灸を」

佳奈には勇気のいる反抗だった。それだけ、

(家の〝秘密〟を知りたい)

思いが募《つの》っていたのだ。

声は待合部屋にも聞こえている。

イダテンは気を利かせたか、

「へへ。きょうは一林斎先生の鍼ではなく、お嬢に灸を据えてもらいましょうかい」

言いながら板戸を開け、療治部屋に入ってきた。腰切半纏《こしきりばんてん》を三尺帯で締めた職人姿だ。

「仕方ない。伊太さん、佳奈に診てもらいなされ」

「さあ、伊太さん。そこへ座って肩を出してください」

「へい、お嬢」

胡坐《あぐら》に座ったイダテンの肩から首筋へ、触診しながら佳奈は指圧を加え、

「どこが凝っているのですか」

「うっ、そこそこ。痛《いて》」

言うイダテンに、佳奈は首をかしげながら灸を始めた。

かたわらで一林斎は鍼の手入れをしながら、

「ところで伊太さん。近所で最近、変わったことはないかね」

「へえ、なあんにもありやせん。きょうここでできる世間話たあ、これだけでござんして。あち、あちちち」

イダテンは、それを知らせに来たのだ。もちろん一林斎の言った〝近所〟とは、紀州徳川家の上屋敷である。

「あち、あちちち」

「このくらい我慢してっ」

「しかし、お嬢。あちち、うーむっ」

冴が帰ってきた。縁側の明かり取りの障子が開け放されており、庭から佳奈がイダテンに灸を据えているのを見て一瞬足をとめ、

「あれれ。伊太さんに鍼ではのうて佳奈が灸を?」

言いながら縁側から療治部屋に入ってきた。

「あぁ、そういうことになってなあ」

「あちちちっ」

一林斎はぽつりと言い、佳奈は療治をつづけた。

肩こりでもないところに灸を据えられているイダテンの、我慢の仕草が冴にはおかしかった。だが、笑ってはいられない。

その日の夕餉のときだった。佳奈は不機嫌に無口となり、一言だけ言った。

「伊太さんの肩」

証《しょう》を立てられない佳奈ではない。これも一林斎と冴の薫陶の成果である。

「凝ってなど、いませなんだ」

どきりとする言葉だ。

(これまでも、すべてそうだったのか)

奇妙に感じているのが、冴も一林斎も佳奈の表情から読み取れた。

その夜も、淡い行灯の灯りのなかで、

「おまえさま。やはり潜《い》みのことだけでも」

「うーむ」

一林斎はうなり、

「そのときが、来たのかも知れんなあ」

「はい」

冴は返事をし、行灯の火を吹き消した。

一林斎と冴が佳奈に気をつかい、ぎこちない日々がつづくまま夏場の皐月《さつき》（五月）に入り、源六にはなおも多忙な日がつづいていた。

そうした一日、一林斎は佳奈を薬籠持に患家への午前の往診を終え、療治処に戻ってきた。その後ロクジュもヤクシも来ておらず、きょうの佳奈は代脈《だいみゃく》まで任され、上機嫌だった。

この日の午前は往診のあることを町内の者は知っており、外来の患者は知らずに来たか、急患の者に限られているので、冴が一人で留守居をしていてもゆっくりと家の掃除や洗濯をする余裕があった。

だが冠木門を入ると、

「あれれ、患者さん？　それもお武家？」

佳奈が薬籠を小脇に抱《かか》えたまま縁側から療治部屋に入ると、

「おぉう、これはお嬢。戻っておいでか」

冴から佳奈のほうへ胡坐の膝《ひざ》を向けたのは、これまでもときおり顔を見せ、三月《みつき》前にも内藤新宿で会った小泉忠介だったのだ。

佳奈には江戸に出てきた当初から、〝小泉どのは紀州藩士でのう〟と言っており、素性の判っている分、小泉が来ても佳奈はなんら奇異に思うところはなかった。そればかりか、一林斎たちが江戸に出てきたとき品川《しながわ》宿で迎え、神田須田町に空き家を見つけ療治処を開く準備を整えてくれていたのも小泉だった。

しかしいま、その小泉が一林斎と〝秘密〟の話などをする素振りをみせたなら、佳奈は混乱するに違いない。

佳奈につづき、縁側に上がった一林斎はハッとしたが、

「おぉ、これは小泉どの。暑気《しょき》あたりにも見えぬが、いかがなされた」

と、内心の戸惑いを隠し、その場に座した。

最近の霧生院のようすはすでに冴が話し、イダテンからも聞いているのであろう。

「どこも悪いところはござらぬ。ちと大事な用がございましてな」

と、小泉忠介はその場に座り込んだ佳奈を避けるようすもなく、正面切って〝大事な用〟とやらを話す姿勢を見せた。それは同時に、

(佳奈お嬢に聞かれても、差し障《さわ》りありませぬ)

との、小泉の合図であった。

そこは感じとりながらも一林斎は、懸念を払拭《ふっしょく》できないまま、

「ほう。なんでござろうかな」

「おまえさま。さっきわたしもうかがいましたが、ほら、三月《みつき》ほどまえ内藤新宿で会いましたご隠居が、なにやら腰の痛みでおまえさまの鍼を受けたい、と」

「あっ、覚えています。鶴屋《つるや》というお庭のきれいな料亭で会ったご隠居さま」

冴が言ったのへ、佳奈が応えた。

一林斎はまたドキリとしたが、冴がすでに話を聞き悠然としているのを見て、気を落ち着けることができた。

あのとき佳奈は庭園で冴と一緒に片膝を立て、縁側に出てきた隠居と言葉も交わしている。

「あのご隠居さまも、トトさまの患者になられましたのか。ならばわたしも一緒に行きとうございます」

佳奈はつづけ、一林斎に視線を向けた。〝あのご隠居〟こそ、紀州徳川家の二代藩主であった光貞なのだ。

「ははは。願いは叶いますぞ、お嬢」

「えっ。ほんとうですか」

小泉忠介が陽気に応えたのへ佳奈は声を上げ、一膝前にすり出た。一林斎は胸中の驚きを懸命にこらえている。

小泉はつづけた。

「ご隠居がお嬢を気に入られましてなあ。一林斎先生に来てもらうときには、あのときの娘を是非薬籠持にと言っておいでなのだ」

「わっ、うれしい。トトさま」

「どういうことかの」

一林斎は冴に顔を向けた。

「はい。ご隠居にはあさって、内藤新宿の鶴屋へ昼餉《ひるげ》に出かけられるゆえ、そのときに鍼を……と」

「佳奈も一緒に、か」

「さようにご隠居はお望みとのことらしいです。だからついでにわたくしもと、いま小泉さまにお願いしていたのです」

「もちろんよろしいですとも。この前のようにご一家三人そろえば、ご隠居もお喜びのはず。で、一林斎どの。いかがでござろう。あさっての午《ひる》は」

「参りましょう。天気が崩れねばいいのだが」

「おぉ、それを聞いて安堵《あんど》いたした。きょうの用件はそれのみでござる」

言うと小泉忠介は、

「それではあさって、それがしもご隠居の供をして参りますゆえ」

腰を上げた。

「あらあら、小泉さま。きょうはここで昼餉をなさっては」

「これ、佳奈。小泉さまにもご都合がおありじゃ。無理を言うのではありません」

「はい。カカさま」

佳奈は素直だった。

小泉も玄関ではなく縁側から上がったか、踏み石にならべた草履《ぞうり》に足を下ろした。

一林斎も、

「門までお送りいたそう」

つづいて雪駄をつっかけた。

そのとき、

「あさって、頼方さまは将軍家に拝謁される」

小泉忠介はさりげなく耳元にささやいた。

「ふむ」

一林斎は、うなずきを返した。あさってという日を理解したのだ。

綱教やその側近の矢島鉄太郎が、たとえ江戸潜みの薬込役たちがまったく気づいていない隠し玉を持っていたとしても、綱吉将軍への拝謁に江戸城へ出向く源六に仕掛けたりはしないだろう。

もし仕掛ければ将軍家への反逆となり、将来の将軍位どころかいまの綱教の身さえ危うくなる。つまりあさってが、江戸での源六にとって最も安全な日なのだ。だから光貞も、源六を下屋敷から送り出すと、安心してみずからも屋敷の外へ出歩くことができるのだ。

冠木門のところで、

「トトさま。わたしもお見送りを」

佳奈も縁側から庭に下り駈けてきて、

「またのおいでを」

小泉はふり返り、手を上げた。

（小泉め）

一林斎には感じるものがあった。

小泉忠介は霧生院の最近のようすを知り、佳奈を悩ませまいと、さらに一林斎と冴の気苦労を増幅させないようにと、故意に佳奈の前であさっての話を切り出したようだ。その小泉の配慮を、一林斎は解したのだった。

夜が更け、部屋の灯りが行灯の灯芯一本となってからだった。

「わたくし、光貞公のお気持ちは嬉しいのですが、心配でなりませぬ」

冴が淡い灯りのなかに声を忍ばせた。

「そりゃあ、光貞公にとっては……」

一林斎は言いかけた言葉を一度とめ、

「そなたの気持ちものう」

つづけた。

光貞にとって佳奈は老いてから生まれた、生涯最後のわが子なのだ。おなじ腹から生まれた源六がいま身近におり、毎日顔を合わせているとあれば、ますます佳奈のことが気になるのは親の情であろう。冴も一林斎も、そうした光貞の気持ちを解してはおり、二人にとってそれは嬉しくもある。だが、佳奈を〝生まれたときからわたしの子〟として育てている冴には、心穏やかでないのも否定できない。

「で、小泉は佳奈のことをなんと言うておった」

「わたくしと話しているあいだも、一切口には出しませなんだ。ただ光貞公が佳奈も連れてまいれと、ただそれだけでした」

「ふむ」

一林斎は得心した。

光貞は佳奈の同行を所望した理由を、小泉にも敢えて話さなかったようだ。小泉も感じとってはいても、冴と話すときそこには触れなかった。江戸潜みの薬込役たちが守らねばならない不文律を、小泉忠介は慥《しか》と守っているのだ。

だが、老いた光貞がいざ佳奈を近くに召せば、不用意にふっとなにをか口走らぬとも限らない。さりげない言葉であっても、佳奈がそこからなにを感じとるか。そこが一林斎にも冴にも心配だった。

四

「へへん。きょうは朝からですかい」

と、早朝の一段落がついたころ冠木門を入ってきたのは、単《ひとえ》の着物を尻端折《しりっぱしょり》にした留左だった。一林斎がちょうど玄関から出てきたときだった。

留左が霧生院の庭を掃除したり、門扉《もんぴ》の傷《いた》みを修理したり、佳奈と一緒に薬草畑の手入れをしていると、

「――留さん、感心だねえ。柳原で野博打《のばくち》を打っているより、そのほうが似合っているよ」

「――てやんでえ」

よく待合部屋から声をかけられるのへ、いつも負けずに言い返している。

霧生院が開業した当日に、激しい食あたりで患者第一号となり、

「――へへ、申しわけねえ。薬料はこの体で払わせてもらいやすぜ」

と、まだととのっていなかった庭の手入れを勝手に始め、家屋の修繕までし、それから八年になるがまだつづけているのだ。いまでは留守居から薬草採りには篭《かご》を背負い一緒に出かけるまでになっている。町内の長屋に住む遊び人だが、霧生院の手伝いをし、一林斎や冴だけでなく、佳奈からも重宝にされているのが嬉しくてたまらないようだ。

「内藤新宿ならあっしも行ってみてえんだが、お知り合いのお武家と会いなさるんなら仕方ありやせんや。留守居はしっかりやっておきますんで、心おきのう行ってきてくだせえ」

と、きのう一林斎に呼ばれ、きょうの留守居を頼まれていたのだ。留守を知らずに来た患者に鄭重《ていちょう》に帰ってもらい、是非きょう診《み》なければならない患者にはようすを

訊き、一林斎たちが帰るとこれこれしかじかでと話すのが役目だ。

留左が以前、霧生院の一家三人と甲州街道《こうしゆうかいどう》の下高井戸宿《しもたかいどしゆく》まで薬草採りに遠出したとき、内藤新宿は普請《ふしん》途中で宿場町としてまだ機能していなかった。

「――へへ。ここが動きだしたら、一度遊びに来てみてえなあ」

「――新しい賭場《とば》でも見つけたいのでしょう」

普請場の脇を通りながら言って、冴にからかわれたものだった。

その冴も玄関から佳奈と一緒に出てきた。

「それじゃ留さん。お願いね」

「へい。あっ、お嬢。草鞋《わらじ》の紐《ひも》はちゃんと結んだかい。疲れたらお父《とう》とお母《かあ》にいって駕籠《かご》に乗せてもらいねえ」

「なによ。内藤新宿くらい、走ってでも行けますよう」

佳奈は言い返した。上機嫌だ。

一林斎はいつもの足首の箇所を狭く仕立てた軽衫《かるさん》に袂《たもと》の細い筒袖《つつそで》に羽織をつけているが、冴と佳奈は手甲脚絆《てつこうきやはん》まではつけていないものの着物の裾《すそ》をたくし上げ、頭には手拭《てぬぐい》を姐《あね》さんかぶりに杖を持ち、ちょっとした旅装束をこしらえている。

一林斎の腰には五寸釘よりも長い苦無が下がっている。鍛鉄《たんてつ》で先が尖《とが》り、武器になるが茶筅髷《ちゃせんまげ》で医者風体の一林斎が帯びている分には、薬草を掘る道具としてなんら奇異には見えない。冴と佳奈のふところには小型の苦無が数本入っている。路傍で細かい薬草の根を掘るのに便利だ。戦国忍者はこれを飛苦無《とびくない》として使っていた。

冠木門を出てから佳奈がふり返り、

「そうそう、留さん。薬草にお水、忘れないでね」

「ちゃんとやっときまさあね」

留左は手をふった。この界隈《かいわい》でちょっとは知られた遊び人だが、霧生院に来ているとき、その雰囲気はない。

四ツ谷《よつや》を経て内藤新宿の街並みに入ると、街道は早くも甲州方面と江戸を結ぶ物資の集散地の機能を果たしているのか、馬糞の臭いに人足たちのかけ声が入り混じり、甲州街道最初の宿駅にふさわしい活況を呈していた。

荷を満載した大八車とつないである馬の陰に、着物を尻端折に風呂敷包みを背負ったロクジュの行商人姿がちらと見えた。一林斎と目が合うと、

──不審な影なし

頭の手拭に手をあてた。

一林斎も額の汗をぬぐい、

――了解
合図を返した。

冴は気づいたが佳奈は、

「あらーっ。馬や大八車、前よりも増えているみたい。お店の数も！」

と、新しい宿駅の繁盛に目を丸くしていた。

内藤新宿の街並みに入ったときから、一林斎たちに尾行がついていないか、ロクジュは見張っていたのだ。

隠れるようにしていたのは、見えない〝敵〟に対してよりも霧生院のためだった。三月《みつき》前のようにロクジュがばったり出会ったかたちをとっても、

（えっ。きょう会うご隠居さま、なにやらみょうな動きと関わりのあるお方？）

佳奈が猜疑《さいぎ》を覚えないとも限らない。

仲介の労を執《と》っている小泉忠介は、身許の明らかな紀州藩士で、ご隠居は紀州藩の高禄の爺さんであり、みょうな動きとはあくまでも無関係なのだ。それでこそ、三月前に隠居が佳奈と直接口をきき、ずっと以前に城下で源六と一緒に飛び跳ねている佳奈を見かけた、と語ったのとも辻褄《つじつま》が合うのだ。

ロクジュの合図を受け、

「さあ。このまえ会った鶴屋は、このあたりの枝道を入ったところだったなあ」

「そうそう。あっ、トトさま、あそこじゃ」

一林斎が言ったのへ佳奈は場所を覚えていたか、先に立って走りだした。

枝道に入った。ロクジュの姿はもう見えない。

「あらーっ」

と、また佳奈が声を上げる。前に来たときにはまだ普請中で槌音《つちおと》の響いていたところが仕上がっている。旅籠《はたご》のようだ。

だが脇道の奥へ進むと、やはり空き地が目立つ。宿駅として内藤新宿の営業が始まってからまだ一年足らずなのだ。

日本橋界隈にあっても引けを取らないほどの構えが、すぐ先に見えた。鶴屋だ。玉川《がわ》上水に借景《しやっけい》した庭園が美しい料亭である。

玄関に訪《おとな》いを入れると、女将《おかみ》につづいて小泉忠介が奥から出てきて、

「これは一林斎先生に冴どの、それに佳奈お嬢も、疲れましたろう。ご隠居はもうすぐおいでじゃ。さ、奥へ」

どうやら小泉は先触《さきぶ》れに来て、一林斎たちを待っていたようだ。

「まずはこちらへ」

と、奥の座敷に案内された。

明かり取りの障子が開け放され、ととのった庭の見える部屋だ。玉川上水の水音が聞こえる。

襖《ふすま》の向こうは三月前に一林斎が光貞と対面し、そのうち佳奈へと葵のご紋入りの脇差と印籠を賜った部屋だ。まだ人の気配はない。

「いやあ、町駕籠を呼ぶのにちと手間取りましてなあ」

出されたお茶に口をつけ、小泉は話しだした。

こたびも光貞は目立たぬように町駕籠で、お供の侍も数人というまったくお忍びの装いで来るようだ。しかし供のなかには中間のヤクシがおり、さらにロクジュも行商人姿で駕籠の前後に目を光らせていることだろう。

「えっ、町駕籠？　あのご隠居さまは浅野《あさの》さまや吉良さまのように、大層な権門《けんもん》駕籠にお乗りのお方ではありませぬのか」

「あはは、佳奈お嬢。いくら高禄を喰《は》んでいたお人でも、隠居されればそう贅沢《ぜいたく》もできず、家来の数もうんと少のうなりますのじゃ。だから冴どのものう、町内の隠居の患者に接するような気でいてくだされ。ご隠居も気楽にと申されておってのう。きょうも木綿《もめん》の着ながしのはずじゃ」

「ほー。それはありがたいことです」

冴が応え、肩の力を抜いた。

三月前、庭を散策しているとき、不意に縁側へ立った光貞に冴は思わず片膝を地につけ、佳奈もついそれに倣《なら》ったものだった。

小泉は冴にそれを告げるため、先触れとして来ていたようだ。庭から拝謁しただけでも冴は緊張の態《てい》であったから、座敷でしかもおなじ高さの畳に座すなど、冴は思わず一膝飛び下がってひれ伏すのではないかと、そこを懸念していたようだ。

小泉の意図を覚《さと》ったか、一林斎は言ったものである。

「ふふふ、小泉どの。心遣い、痛み入りますぞ」

五

廊下に人の気配が立ち、それは隣の部屋、襖の向こうに移った。

ふたたび親子の対面である。

すぐだった。

「忠介」

「はっ」

皺枯《しわが》れた襖越しの声に小泉は応じ、

「霧生院の者、すでにこれへ」

腰を上げ、襖を開けた。

果たして部屋には木綿の着ながしで、脇息《きょうそく》にもたれかかった光貞が一人だった。

冴と佳奈は端座で畳に両手をついたが、一林斎は胡坐のまま拳《こぶし》を軽く畳につけたのみだった。むろん、三人とも顔は伏している。

「うむ」

光貞はうなずくなり、

「これこれ、三人とも何をしておる。面《おもて》を上げてこちらの部屋に来ぬか。きょうは老人の患者に医者としてじゃぞ。離れておっては診ることもできまい」

光貞の言葉に、冴はホッとしたように総身《そうみ》の力を抜くことができた。

「さあ」

小泉がうながし先に立って光貞の部屋に入ったのへ、三人はつづくように中腰になって移動し、光貞の前にならんで座した。小泉は三人を引き合わせるかたちに座り、大人の男たちが一林斎も含めいずれも胡坐居《あぐらい》であるのが、佳奈の気分をやわらげた。部屋は料亭の座敷でも、作法は療治部屋と変わりがない。

「一林斎も内儀もよう来てくれた。それに、佳奈であったのう」

「はい。ご隠居さま」

「おうおう。利発な子じゃ。今年で十四歳だそうじゃのう」

「はい。さようにございます」

「うーむ」

光貞は大きくうなずき、頬も目元も口元もゆるめ、佳奈の顔を凝《じ》っと見つめた。一林斎と冴には、このときの光貞の胸中が手に取るように分かる。

(似ている)

その一語に尽きよう。死んだ由利に、あまりにも似ているのだ。

「佳奈、もそっと近う《ちこ》。さあ」

うながされ、佳奈は一膝前にすり出た。

「おう、おうおう。で、町場の霧生院では、毎日なにをしておるぞ」

「はい。父上と母上の薬籠持に、ときには代脈も。いえ、まだまだ未熟ゆえ、そのまねごとでして、薬草の手入れに薬研を挽き……」

佳奈はすでに吉良上野介や浅野内匠頭《たくみのかみ》の療治の場にも出ており、いかに高貴の者の前でも臆《おく》するところがない。

　そこがまた源六に、

（そっくりじゃ）

　光貞には思えたことであろう。

「おぉう。そうかそうか」

「はい。毎日さように」

　と、好々爺に受け答えする佳奈が、まるできょうの主賓《しゅひん》のようになった。

　それは膳が運ばれてからも変わりはなかった。

　箸《はし》を進めながら、光貞は霧生院での佳奈の日常をこまごまと訊き、薬草畑の種植えから草むしり、さらには町内の患者に灸を据え、産婆の手伝いには大名の行列を横切ったことまで佳奈は話し、そのたびに光貞は、

「おうおう、ふむふむ」

　と、表情をほころばせていた。

　さらに佳奈が手裏剣に苦無の武器としての使い方まで仕込まれているのを話したときには、一林斎と冴よりも光貞のほうがハッとした表情になったが、

「なるほど、薬草採りに出かけたおりの用心とな。ふむ、大事なことじゃ。それもしっかり学べ」

「はい、爺《じじ》さま」

佳奈はすっかり打ち解け、称《よ》び方が〝ご隠居さま〟から自然と〝爺さま〟に変わったのには、小泉も驚き、一林斎と冴は気が気でなかった。

（やはり血のつながりか）

二人とも思わざるを得ない。

膳がかたづけられ、

「それでは鍼を頼むぞ」

と、しばし談笑のあと療治に移ってからも、佳奈が主賓であることに変わりはなかった。さらに一林斎と冴が、痛感させられる事態が発生した。

「この年になれば肩も凝って首筋も硬くなり、足腰も弱《よお》うなっていかんわい」

光貞は言いながら、胡坐のままもろ肌を脱ぎ、慌てて冴が膝を進めて手伝い、佳奈もそれにつづいた。光貞は今年で七十三歳を数える。

「では」

一林斎が背後にまわり、肩や首筋に指圧を加えるとともに触診を始めた。その所作は言葉遣いが丁寧になっているだけで、霧生院の療治処で町内の患者を診るようすとなんら変わりはなかった。

「お歳でございますなあ。ここも、ほれ、こちらも」

さらにうつ伏せに寝かせ、足裏の揉《も》み療治からもいくつかの証《しょう》を立て、ふたたび冴と佳奈が手伝って胡坐居に座らせ、

「とくにこれからの時節は、暑邪《しょじゃ》に気をつけてくだされ」

一林斎は言いながら鍼の用意にかかった。

かたわらには小泉忠介が控えている。これまでも上屋敷や下屋敷で侍医のお脈拝見に幾度も立ち会ったが、これほどくつろいだようすで証の診立てを受けている光貞を見るのは初めてであった。

（薬込役に、これほどの信頼を置かれておいでだったか）

思えば小泉には込み上げるものがあった。

それだけではなかった。

「それでは、まず肩から鍼を」

と、一林斎が鍼を手ににじり寄ったときだった。

「おぉう、そうじゃ。佳奈、おまえに打ってもらおうかのう」

「えっ、爺さま！　よろしいのですか!?」

これには瞬時、部屋の空気がとまった。

即座に反応し一膝前にすり出た佳奈に、

「佳奈！」

冴がたしなめるように言ったが光貞は、

「よろしいもよろしくないもあるか。おまえはさっき、父上からも母上からも手ほどきを受けておると言うたではないか。さあ、わしの肩に打ってみよ」

自分の肩をぽんと叩《たた》いた。

意を決したか、

「ふむ」

一林斎は低くうなずき、膝立ちのまま数歩下がった。

「はい。トトさま」

よそ行きの〝父上〟ではなく、いつものように〝トトさま〟と佳奈は返し、右手首と指を柔軟に動かし、一林斎の手から鍼を受け取った。

部屋に沈黙がながれる。

光貞は無言のうなずきを見せた。さきほどまでとは変わり、真剣な表情だった。佳奈の押し手（左手）の指先が肩を押さえたのを感じたのだ。年行《とし》き七十三になって、初めて体軀《たいく》に受ける娘・佳奈の感触である。

「参ります」

「よし」

佳奈の声を、光貞は受けた。

きょうまで、これほど真剣な佳奈の表情を、一林斎も冴も見たことがない。佳奈はこれまで、自分の手足から一林斎と冴の肩や背にと、数え切れぬほど実技の修錬を積んできた。だが、他人《ひと》の肌に打つのはこれが初めてなのだ。

しかもそれは、当人に自覚はないが、実父の体軀ではないか。

押し手にほどよく力を入れ、鍼の狙いを定めた。肩こりに効く肩井《けんせい》の経穴《つぼ》だ。

「佳奈！」

「さあ。いつものとおりに」

思わず名を呼んだ冴に、一林斎は落ち着いた声でつないだ。

「うっ」

低いうめきは光貞だった。

痛かったのかも知れない。

一林斎も冴も息を呑んだ。

光貞は言った。

「いいぞ、佳奈。つづけよ」

「はい。爺さま」

二打、三打……。鍼は右肩から左肩の肩井へと移り、そのたびに光貞はうめきを抑え、鍼は全身の血行をよくする厥陰兪《けついんゆ》の経穴《つぼ》へと下りていった。さらに一林斎と冴が手伝ってふたたび光貞はうつ伏せになり、佳奈は腰のあたりに点在する経穴につぎつぎと鍼を打っていった。

光貞にも佳奈にも余裕ができていた。

「佳奈、そこはなんという経穴じゃ」

「はい。三焦兪《さんしようゆ》と申しまして、背中から腰にかけてのこわばりやだるさ、痛みをやわらげまする」

「うーん。効く、効くぞ」

言う光貞の表情がときおり痛みを堪《こら》えているのが、一林斎と佳奈には看《み》て取れた。だがそれは、苦痛に耐えているのではないことも、感じとっていた。

光貞と佳奈を、冴は団扇《うちわ》であおぎつづけている。

そのなかに、

「爺さま」

「なんじゃ」

「人の体には気血《きけつ》の通り道で、経絡《けいらく》というものが無数に走っておりまする。その経絡の処々に反応点があり、それが経穴でありまして、気血の流れをよくするためには、こうして……」

と、これまで一林斎と冴から学んだ解説まで加えはじめた。

その一つ一つに光貞は満足そうに、

「ふむふむ」

「うむ。さようか」

と、それこそ経絡の反応点のように返していた。

「ふーっ」

と、佳奈が鍼を鍼収めに戻し、冴も団扇を持つ手を休め、明かり取りの障子を開け庭に目をやったとき、樹々の影が長く太陽はかなり西の空にかたむいていた。

『仕上げを』

と、一林斎は敢えて言わなかった。光貞も起き上がり、

「体が軽うなったぞ」

と、冴と佳奈の手伝いで木綿の着物の袖に手をとおした。

「ほんとうでございますか、爺さま」

佳奈は額に汗をにじませ、満足そうに言った。

「さて、心身ともに爽快《そうかい》になったところで、一林斎とちと話があってのう。忠介、内儀と佳奈を庭の散歩に案内《あない》せよ」

光貞はほころばせていた表情を、ふっと引き締めた。

「はっ」

小泉忠介は腰を上げ、

「爺さま。あとでまた参りまする」

「おうおう」

佳奈が言ったのへ、光貞はまた相好をくずし、

「これ、佳奈」

と、冴は佳奈をたしなめるように言った。きょうの冴は、まったく脇役になってしまっていた。

玉川上水に借景している鶴屋の庭で、佳奈が水の流れのほうへ走って行ったとき、小泉は冴にそっと言った。

「きょうほどの光貞公の満ち足りたお顔、これまでありませなんだぞ」

「わたくしはもう、終始はらはらと」

冴はようやく大きく息をついた。佳奈の鍼に安堵すると同時に、痛さにも満足げな光貞の表情に、涙が出るほど複雑な思いになっていた。

部屋には光貞と一林斎のみが残っている。

「のう一林斎よ、あれでよかったか。いくらかは佳奈のためになったかのう」

「御前！」

一林斎は思わず一膝飛び下がり、胡坐のまま両手を畳についた。

光貞は佳奈が代脈の段階で、一林斎や冴を相手に修練はしていても、患者に鍼を打ったことがまだないのを、佳奈の話から気づいていたのだ。それを知った上で、光貞はおのれの肌に打たせた。佳奈にとってはまさしく初めての〝患者〟である。そこにこの上なく満足している〝爺《じじ》さま〟のようすに、大いに自信をつけたことであろう。

「わしがいま、佳奈にしてやれることは、このようなことしかないでのう」

「はーっ」

一林斎は込み上げるものを懸命に抑え、顔を上げることができなかった。

光貞はつづけた。

「まっこと、小心な綱教には困ったものじゃが、柳営《りゅうえい》（幕府）での源六の行く末はわしがなんとかしよう。市井《しせい》での源六の安寧を薬込役に命じたこと、隠居をしてもまだ解いておらぬぞ」

「はーっ」

一林斎は顔を伏せたまま返した。

「佳奈のこともものう。頼むぞ、一林斎」

「はっ。それにつきましては……」

一林斎は顔を上げた。

「佳奈姫はあくまでも、私と冴の子として……」

「分かっておる。分かっておるぞ、一林斎。それゆえのう、この状態がいつまでつづくか分からぬが、すべての判断をおまえたち夫婦に任せると、前にも言うたではないか」

「御意《ぎょい》」

一林斎は光貞の皺《しわ》の多くなった顔を見つめた。その顔に、ふっと寂しさの走ったのを一林斎は感じた。

庭では、

「あれあれ、カカさま。トトさまと爺さま、まだ話しておいでじゃ。なにを話しておいでなのかなあ」

「きっと、さっきの鍼のことでしょう。よく効いたと」

植込みの陰から部屋のほうを見て言った佳奈に、小泉忠介が応えた。

ふたたび佳奈たちが部屋に戻ったとき、座敷には市井《しせい》では滅多にない茶菓子が用意されていた。

源六はもう綱吉将軍に拝謁し、千駄ケ谷の下屋敷に戻っていようか。

内藤新宿からの帰り、佳奈のふところにはお菓子が入っていた。光貞がみずから盆の上にあるのを紙に包み、佳奈に手渡したのだ。

行商人姿のロクジュと中間姿のヤクシが、内藤新宿を出る三人の周辺に目を光らせていたが、一林斎と冴の目には入っても佳奈に気づかれることはなかった。

六

佳奈が光貞への鍼療治を終え、ふーっと大きく息をついたころか、あるいは光貞が一林斎に佳奈を〝頼むぞ〟と念押ししていたころになろうか、霧生院へ訪《おとな》いを入れた者がいた。

もちろんそれまでにも幾人かが冠木門をくぐった。そのたびに縁側でごろりとしていた留左が起き上がり、

「——すまねえ。きょうここの一家よ、ちょいと用事で出かけちまったい。あしたまた来てくんねえか」

と、留左にしては鄭重にお引き取りを願っていた。急患や急なお産のなかったのはさいわいだった。

ちょいと庭の草引きをして、

「ほう、陽があんなにかたむきやがって。もうそろそろお嬢たち、帰《けえ》ってくるかな」

独《ひと》り言《ご》ち、また縁側でごろりと横になったときだった。

「ありゃ？　縁側に寝ていやがるの、留じゃねえか」

「ん？」

聞こえた声に留左は起き上がり、

「おっ。足曳《あしび》きの、どうしたい。またこむら返りかい。可哀相だがきょうはだめだ。帰《けえ》んな帰んな。それとも俺をしょっ引きに来たかい。きのうもちょいと柳原で遊んできたからよう」

足曳きの藤次《とうじ》だった。ひどいこむら返りを頻発させていた岡っ引で、いまでは一林斎の鍼療治でほとんど発症しなくなっている。

「なんでえ。おめえ、まだ野博打《のばくち》など打ってやがるのか。ま、きょうはそんな吝《けち》なことで来たんじゃねえ」

「なにい、吝とはなんでえ」

言っているところへ、留左はまた冠木門のほうへ目をやり、

「おっ、これは杉岡《すぎおか》の旦那じゃござんせんかい」

と、いくらか威儀を正した。

入って来たのは、北町奉行所の隠密廻り同心・杉岡兵庫《ひょうご》だった。

杉岡が霧生院の冠木門をくぐるときは、いつも職人姿か遊び人風を扮《こしら》えている。

「きょうはこの形《なり》でな。一林斎先生に外まで出て来てもらおうかどうかと先に藤次を

髷《まげ》は粋な小銀杏《こいちょう》で、地味な着ながしに黒羽織をつけた、誰がみても八丁堀《はっちょうぼり》の旦那と分かるいで立ちだったから、いきなり待合部屋に上がるのを遠慮したようだ。なかなか気配りの利く同心だ。それに杉岡は、一林斎がお犬さまを散らす奇妙な粉を使うことに気づいているが、十手《じって》を向けるような野暮《やぼ》なことはしない。逆に犬退治を秘《ひそ》かにあと押しし、定町廻り同心の目から一林斎を護ってもいるのだ。

「へえ、まあ。一家そろって。そう遠くじゃございませんから、間もなく帰《けえ》って来なさるとは思いやすが」

「ほう、遊山《ゆさん》か寺社参りかい。あの先生はいつも忙しそうだから、たまにはそういうのもいいか知れねえなあ」

どこへとも訊かず、

「おぉ、そうだ。おめえ、遊び人だったなあ」

「へい。こいつ、柳原で吝な野博打などをちょこちょこと、胴元までやりやがって」

「へん。軽い手慰みはなあ、人の気分をほぐす役にも立つんだぜ」

また留左と藤次の諍《いさか》いが始まりかけたが、

「まあまあ、そんなものはどうでもいい。なあ、藤次。あの話、前もって留左に訊いてみるのも一考じゃねえかい。療治処に親しく出入りしている遊び人など、江戸では留左しかいねえだろうから」

「おっ、そうかも知れやせん。やい、留。ここじゃなんだ。ちょいと待合部屋に上がらせてもらうぜ。いいかい」

「なんか知らねえが、きょうは俺がここを預かってんだ。さあ、旦那もお上がりを」

隠密廻り同心と岡っ引のみょうな言い方に、留左は興味をそそられたようだ。

冠木門の門扉《もんぴ》を開けていると、通りから縁側は丸見えだが、部屋の中は明かり取りの障子を開け放していても、庭まで入ってのぞき込まないと見えない。

待合部屋で三人は三つ鼎《みつがなえ》に胡坐を組んだ。

「藤次、おめえから訊け。おめえら二人、気が合いそうだからなあ」

皮肉で言ったのではない。留左と藤次は遊び人と岡っ引である。会えば悪態をつき合っているが心の奥底では、

（おもしれえやつ）

感じ合っているのを、杉岡兵庫は看《み》て取ったのだ。

「へい」

藤次は返し、

「やい、留」

「なんでえ」

「おめえ、柳原の野博打仲間で賽《さい》ころを振っているばかりじゃなく、よからぬ噂話をするときもあるだろう」

「よからぬ噂話だと？　盗賊や掏摸《すり》の類《たぐい》かい。そんな非道なやつら、柳原の仲間にはいねえぜ」

「いや。もっと非道なやつの噂だ。殺しを稼業にしている輩《やから》さ」

「えっ、まさかぁ。いくら物騒な世の中だといっても、殺しを稼業に!?　いるのかい、そんなふざけた野郎が」

「そう、殺し稼業の輩だ」

杉岡がつなぎ、

「奉行所の隠密廻りや定町廻りが懸命に追っていてなあ。そやつらは少人数で、どうやら煎じ薬の行商をおもての稼業にしているのが頭《かしら》らしいのだ」

「せ、煎じ薬たあ、薬草じゃねえか。それならここにもいっぺえあらあ。ここのご新《しん》造《ぞ》さんだって佳奈お嬢だって、俺だって一緒に採りに行くことがありやすぜ」

「だからよう、おめえみてえな遊び人で、採ってきて煎じるだけにしたものをここへ売りに来たのはいねえか、それを訊きに来たって寸法よ」

藤次が引き取って言った。

「そ、それが殺し人てかい。そ、そんなの、霧生院《ここ》へ来るわけねえだろう」

留左の驚く声とともに陽が落ちた。

長居は迷惑になろうかと、杉岡と藤次は腰を上げ、

「やい留。この話、ほかでべらべら話すんじゃねえぞ」

「一林斎先生にだけ、そっと訊いておいてくれ。また来るから」

「へ、へい」

驚く留左の声を背に、二人は冠木門を出た。

「留の野郎、噂にも聞いていねえようでやすねえ」

「ということはだ、そやつらは町の与太程度の噂に上るような者じゃないということだ。こいつは骨が折れるぞ」

話しながら二人は神田の大通りに出て行った。

七

一林斎たちが帰って来たのは、

（遅いなあ）

留左が思いながら向かいの一膳飯の大盛屋《おおもりや》から種火をもらってきて屋内の行灯に火を入れ、外を歩くにも提灯《ちょうちん》が欲しくなる火灯《ひとも》しごろだった。

「あっ、遅かったじゃねえですかい。夕方近くお客がありやして……」

「留さん、留さん。きょうわたしねえ……」

庭に迎え出た留左が言おうとしたのへ、佳奈が走り寄って、

「鍼を打ったのよ、本物の患者さんに」

「えっ、本物の患者に？　ほんとですかい」

留左は一林斎と冴に目を向けた。佳奈はこれまで幾度か留左を鍼の実験台にしようとしたのだが、そのたびに留左は、

「――へへ、そのうち。そのうちによう」

と逃げていたのだ。

「打った」

「見事に」

一林斎が言ったのへ冴もつづけた。

「へぇえ。ほんとにぃ、お嬢」

「それよりも留、さっきお客がどうのと言っていたが、患者ではなく?」

感心というより驚く留左に、一林斎は玄関に立ったまま先をうながした。

「それよりも居間へ。あ、火も入っている。うふふ、向かいの大盛屋さんに留さんの分も頼んでおきましたからね。さあ」

「こいつぁありがてえ」

冴が言い、三人は裏の井戸端で手足を洗い、居間にようやく腰を下ろした。

「お年寄りの患者さんだったの」

「それはあとだ。で、さっきのお客というのは?」

佳奈がまた言いかけたのを一林斎はさえぎり、留左に視線を向けた。

「へえ、それなんでさ。隠密廻りの杉岡兵庫さんに足曳きの藤次でさあ。いえ、またこむら返りってんじゃありやせん」

留左は話した。

「えっ、人殺しを生業《なりわい》に⁉」

佳奈が驚愕《きようがく》の声を上げ、

「うっ」

「おまえさま」

その者が〝煎じ薬の行商〟と留左の口から出たとき、思わず一林斎は低いうめきを洩らし、冴と目を合わせた。

向かいの大盛屋のおかみさんとお運びの奉公人が、蕎麦《そば》と皿に盛った天麩羅《てんぷら》を運んできた。話は中断したがすぐに始まった。

「で、さっきの煎じ薬、心当たりがおありなんですかい。杉岡の旦那も足曳きの野郎も、そこを先生に訊きてえ、と」

「いや。煎じ薬ならここにもあるからなあ。ただそれだけだ」

「そうでやしょう。そんな物騒なやつら、ここへ来るはずありやせんや」

蕎麦をすすり、天麩羅にも箸をつけながら言う留左に一林斎は、

「ま、そういうことだ。それで杉岡どのはまた来るって、あしたか」

「日は言っておりやせんでしたが、そう切羽《せつぱ》詰まったようすでもありやせんでしたから、あした来るかどうか」

「それよりもねえ、留さん」

さっきからうずうずしていた佳奈が口を入れた。

「そうそう、お嬢。鍼を打ったって、その患者、痛がってなかったかい」

留左にすれば気になるところだ。

話題がきょうの佳奈の鍼に移ってからも、一林斎と冴は〝煎じ薬の行商人〟が念頭から離れないのか、真剣な表情のままだった。

「まあ、失礼な。すごく効いたのよ。だからこんど留さんにも」

「おっと、あっしはどこも悪いところなんざ。その患者、なんというお侍でえ」

「お年寄りだけど、あ、そうだ。お名前、聞いていなかった。カカさま、あの爺さま、なんというお方なんですか」

「えっ」

ハッと我に返った冴は戸惑った。

「ねえ、カカさま。小泉さまのお知り合いだから紀州藩のお侍さまでしょう。なにやら身分の高そうな、もうご隠居なさっているけど、お名前は？」

三月《みつき》前に言葉を交わしたときから、小泉の知り合いの隠居ということで安心感もあり、名前は聞いていなかったのだ。

「えっ。あ、そう。とく、とくだみつ、みつ……」

とっさだった。徳川が徳田《とくだ》になり、光貞には瞬時、光成《みつなり》、光秀《みつひで》と浮かんだが石田三成《いしだみつなり》、明智《あけち》光秀……縁起がよくない。

「そう、徳田光友《みつとも》さまだ」

一林斎が素早くあとをつなぎ、ホッと息をついた。

「へええ、なにやら身分の高そうなお方のようでござんすねえ」

「そういう感じ。徳田光友さまですか。また打って差し上げたい」

留左が言ったのへ、佳奈は回想するようにその名を復唱した。

このときの冴と一林斎の瞬時の戸惑いに、佳奈も留左も気づかなかった。

その夜、内藤新宿までの往復と鍼を打った極度の緊張から疲れたのか、佳奈は寝つくのが早かった。

「おまえさま」

「ふむ」

と、今宵《こよい》は話すことが多すぎる。だからかえって、二人の言葉は短かった。

「徳田光友さま、それでよろしいでしょうか」

「当面はそれで行こう。光貞公にも、そうお願いしておく」

「それに、留さんが言っていた煎じ薬の……」

「行商人のことか」

「気になります」

「儂《わし》もだ。杉岡どのがまた来よう。もうすこし詳しく聞いてから、すぐにでも江戸潜みの者に寄合《よりあい》をかけねばならなくなるかも知れぬ」

「はい」

そこまでだった。

行灯の火が吹き消された。

二　抜《ぬけ》忍《にん》

一

「きょうも来ないようですねえ」

「あっしに、やつらのことを訊かれても困りまさあ」

夕刻近くに療治部屋の手が空いたとき、冴が薬草畑の草むしりをしていた留左に声をかけた。

内藤新宿で佳奈が徳田光友こと徳川光貞に鍼を打ってから、三日ほどを経ている。隠密同心の杉岡兵庫と岡っ引の足曳きの藤次が、霧生院に一林斎を訪ねてから三日目と言ったほうがいいか。

なにしろ煎じ薬の行商をしながら、裏では殺しを稼業にしている輩《やから》がいるというの

だから穏やかでない。留左などは、

「——そんな作り話みてえなやつら、ほんとにいるんですかねえ」

などと、聞いたときは驚いたものの、あとは一笑に付していた。

しかし、一林斎と冴は留左からそれを聞くなりハッとし、

（——杉岡どの、まだ来ぬか）

秘かに思いつづけていた。

（——もしや）

と、思い当たる節があるのだ。

縁側で薬研《やげん》を挽《ひ》いていた佳奈が、

「ねえ、留さん。そんなことより、草むしりで肩が凝ったでしょう」

「い、いや、お嬢。あっしはほれ」

留左は両腕を肩まで上げ、振って見せた。

佳奈は光友（光貞）に鍼を打って以来すっかり自信をつけ、その後も自分の腿《あし》や腕だけでなく、一林斎と冴の肩や脛《すね》に打っているが、それはあくまで稽古《けいこ》である。早く霧生院に来る患者に打ちたいのだ。だが、一林斎も冴もなかなかそれをさせない。患者が痛いと音《ね》を上げ、佳奈の自信が萎《な》えるのを危惧《きぐ》しているのだ。そのためにも佳奈

の実技修練には、二人とも厳しくなったようだ。一日も早く、佳奈が本物の患者に打って も、光貞のような反応を示すように腕を上げさせたいのだ。

「──儂らの娘《こ》ゆえなあ」

「──はい。おまえさま」

一林斎と冴はそっと交わしたものである。

だがいま、

「あの二人、さほど切羽詰まったようすでもなかったのか」

「そりゃあまあ、のんびりでもありやせんでしたがね」

一林斎も療治部屋から問いかけ、留左はうっとうしそうに返した。

頼方こと源六が江戸に下向する少し前、まだ春よりも朝夕にはかなり寒さを感じる日だった。不意に霧生院の冠木門を入ってきた、煎じ薬の行商人が脳裡から離れないのだ。

──又市《またいち》

と、その者は名乗った。

又市は葛《くず》の根や麻黄《まおう》、生姜《しょうが》など、風邪に効く葛根湯《かっこんとう》の材料を縁側にならべ、

「──ご用命いただければ、いかような薬草も採取して来まさあ」

と、薬草採取の請負《うけおい》を売り込みに来たのだった。そのとき佳奈は薬草を届けに患家へ出ており、冴が応対し、年寄りの患者に灸を据えていた一林斎も、

（——ほう。おもしろい商売もあるものよ）

と、縁側に出て二、三言葉を交わした。

今年で四十路《よそじ》に四年を重ねた一林斎より、五、六年は経ているかと思える年勾配《としこうばい》に、体軀が一林斎に似て細身の筋肉質だったからか、

「——以前はなにを？」

冴は訊いた。

「——へえ。上州《じょうしゅう》でマタギをやっておりやしただよ」

山中を棲家《すみか》とする猟師で、岩場も樹間も走れば鉄砲も打つ。

（——なるほど）

と、一林斎も冴も思ったものだった。彫りの深い顔立ちに目も口も大きく、自分で仕留めたのか陣羽織のように仕立てた鹿皮を無造作に着込んでいた。

頼めば便利だろうが、霧生院では薬草採りは佳奈の修練でもあれば、一林斎が一人で出かけるときの口実でもある。

「——すまぬが、いずれ頼むこともあろう」

と、そのときは断った。

療治部屋から灸の香がながれてきた。

「――夏場にはヨモギも採ってきますで、へえ」

又市はさほど粘りもせず、ならべた薬草を篭《かご》に戻し、それを風呂敷に包んで背負った。薬草の扱い方を心得た所作だ。

「――また参《めえ》りやすで。そのときはよろしゅう願いますだ」

と、冠木門を出て行った。ヨモギは葉の裏にある繊毛が艾《もぐさ》の材料で、これは霧生院でも手間をかけて精製している。

印象はよかったが、頼むつもりはなかったためか、住まいを訊くこともなく、そのあと霧生院で又市が話題になることもなかった。又市のならべたなかに、毒草の危険なものもなかったから気にもならず、名が〝マタギの又市〟と覚えやすかったので、そこが印象に残ったにすぎない。

その又市を思い出したのが、留左の話した〝煎じ薬の行商で裏は殺し稼業〟の一言だった。葛の根などの葛根湯の材料を持って来たのは、たまたま冬場だったからだろう。ならば煎じ薬売りというより、薬草売りといったほうが適切だ。

精製した生薬《しょうやく》の行商は珍しくないが、材料の薬草だけを扱うとは、〝おもしろい〟

というより、みょうな商《あきな》いだ。これなら精製の場も道具も技量もいらず、野山と薬草に精通しておれば誰にでもできようが、利ざやは少ないだろう。

留左から話を聞いたあと、

（――あの者、断って帰すよりも、いくらか頼んでおいたなら）

一林斎も冴も思ったものである。

薬草売りに殺し稼業……気になる。

かといって、又市を疑っているのではない。訊けば幾人かの同業の存在が分かろうか。そのなかに、目串《めぐし》を刺せそうな者がいるかも知れない。だがいまとなれば、又市が〝また参りやす〟と応えたのだけが頼りだ。

その又市を、杉岡や藤次に訊けば居所が分かるかも知れない。もちろん、留左に言えばその日の内にでも、杉岡や藤次につなぎは取れるだろう。だが、霧生院はあくまでも市井《しせい》のどこにでもある療治処であらねばならない。事件にみずから関わるような積極さはひかえているのだ。

待っていた杉岡兵庫と足曳きの藤次が、そろって霧生院の冠木門をくぐったのは、それからさらに三日ほどを経てからだった。

午《ひる》をかなり過ぎた時分だ。杉岡はやはり隠密廻りか、腰切半纏《こしきりばんてん》を三尺帯で締めた職人姿を扮《こしら》えていた。療治部屋には冴も佳奈もそろっており、待合部屋にも患者が数人順番を待っている。留左はこの日、また柳原土手へ野博打を打ちに行ったか、霧生院に来ていなかった。

一林斎は療治部屋を冴と佳奈に任せ、二人を奥の居間に通し、

「いやあ、留左から話を聞いたとき、驚きましたぞ。薬草売りの件だが、確かにおりましたなあ。生薬売りではなく、そういうずぼらな商いの者が」

「えっ」

「いかような！」

杉岡と藤次は同時に反応し、胡坐居《あぐらい》のまま上体を一林斎のほうへかたむけた。薬草を扱っている者から見れば、精製せずに原材料のまま売り歩くのは〝ずぼら〟というほかはない。

だが、一林斎と冴は奇妙なことに気づいていた。いかに効能のある薬草でも、精製せずそのままでは一般の家々は商いの対象とはならない。買ってくれたり向後の採取の款《かん》を結んでくれるのは、定店《じょうみせ》の暖簾《のれん》を出している薬種問屋か医家しかないだろう。そうした所と薬草採取請負の款を結べば、商いとして成り立ち、〝ずぼら〟とい

うより、形態の新たな商売といえるかも知れない。そのようなことを山家者《やまがもの》の又市が思いつき、一人で動いているとは思えない。

そこまで気をまわせば、〝裏は殺し〟と合わせ、

（それこそ裏になにかある）

新たな懸念が湧《わ》いてくるのだ。

「実はなあ、又市といって元マタギの男で、まだ寒い時節だったが……」

一林斎は又市が来たときのようすを、その人相まで隠密廻り同心の杉岡兵庫と岡っ引の藤次に詳しく語った。

「えっ、まことに」

杉岡は上体を前にかたむけたまま一膝すり寄り、

「う一む」

うなりはじめ、藤次も考え込む姿勢になった。

「実はですなあ」

杉岡は上体を起こし、話しはじめた。

「ここ半年ほどのあいだに……」

江戸市中で奇妙な殺しが三件ほどつづけて発生していた。一人は本郷《ほんごう》で因業《いんごう》な高利

貸しが、また深川《ふかがわ》で奉公人を奴婢《ぬひ》のように扱っていた大店《おおだな》のあるじが、さらに四ツ谷では町場で乱暴狼藉を働き町娘にまで手をつけていた旗本の長男が斬殺され、現場には犯人を鑑定する手証《てしょう》はなにも残っていなかったというのだ。

事件はもちろんかわら版が騒ぎたて、霧生院の待合部屋でも話題になっていた。留守居をしていた留左が、一林斎を訪ねて来た杉岡兵庫と足曳きの藤次に、話を聞き思わず、

「――まさかあ。いくら物騒な世の中だといっても、いるのかい、そんなふざけた野郎が」

と言ったのは、それらの事件を踏まえてのことだった。

そのとき杉岡兵庫は〝懸命に追っていて〟と言ったが、実際に北町奉行所も南町奉行所も〝懸命に〟探索していた。

それら懸命な探索から明らかになったのは、犠牲者たちが殺されたことに周囲の者は一様に溜飲が下がり喝采《かっさい》していることと、

「事件の一月《ひとつき》ほど前から、殺された者の周辺に、みょうな薬草売りが出没しておりましてなあ」

と、この二点だという。杉岡と藤次が霧生院に来たのは、得体の知れないその薬草

売りが来ていないかの聞き込みだったのだ。

だから一林斎の言葉に、杉岡が〝えっ、まことに〟と、一膝前ににじり出たのだった。

「先生！　実はっ」

藤次も自分の話す番を待っていたように、

「あっしら、足を棒にしてあちこちに聞き込みを入れたのですぜ。薬草売りの足取りがつかめねえかと。でやすが、どいつもこいつも面《つら》は見ていねえ、覚えていねえ、どこから来てどこへ行ったかも分からねえとぬかすやつらばかりで」

「そのとおりなのだ。どうやら見た者は、知っていて知らぬふりをしているようでしてなあ。それで面相まで聞けたのは、実はここが初めてなのだ。薬種問屋や医者もかなりまわったが、さような者は来ておらぬ、と」

「そう、そうなんでさあ」

杉岡がつないだのへ藤次がまた相槌を入れた。

二人は相当熱心に聞き込みをしてまわったようだ。

「ふむ」

一林斎はうなずき、

「その殺しが三件ともまわりから喜ばれ、だからそなたらはその薬草売りが町を歩いてさまざまの噂を集め、そこで殺しの請負……と。生薬ではなく薬草売りも新たな商いだが、殺しを請負うとはまたなんとも物騒な」

「悔しいが、そのように鑑定せざるを得ない状況でしてなあ」

「くそーっ、放っておいたらどんなことになるか分かりやせんぜ。さあ、旦那！　面が割れたところで、もう一度江戸中を歩きやしょう」

俄然、藤次は張り切り、腰を浮かせた。

そこへ、

「おっ、きょうはご新造《しんぞ》さんとお嬢ですかい。なにか手伝うことはありやせんかい」

庭のほうから留左の声が聞こえてきた。機嫌よさそうな大きな声だったから、柳原土手での野博打でかなり勝ったのだろう。

「留！　こっちに用事があるぞ」

一林斎は留左を居間に呼んだ。そのことに杉岡も藤次もうなずきを見せた。市井の噂を訊くには、留左などは持って来いの人物なのだ。

「なんですかい。居間のほうに用とは」

言いながら、居間へ入ってきた留左の目に最初にとまったのは、

「おっ、足曳きの。なんでこんなとこにいやあがる」

だがすぐ、杉岡兵庫もいるのに気づき、

「へへ、旦那。これはどうも」

恐縮するようにその場へ胡坐《あぐら》を組んだ。

「さっそくだが留よ。この前の殺し稼業の話だが……」

一林斎が言ったのへ留左は怪訝《けげん》な表情になりながらも、聞く姿勢をとった。

一林斎はいま杉岡たちから聞いた話をかいつまんでくり返した。一林斎が語る分には、留左はおとなしく聞き、

「やっぱりそんな野郎がいたんですかい。いえね……」

と、話すのも素直な口調になった。

「博打仲間も、いえ、ほんの一文銭数枚の小博打でやすがね、それにあのあたりで古着の行商をしている人らも言ってやしたぜ。殺されたのはいずれも世の嫌われ者で、非道《ひで》えやつらだったらしいですぜ。天に代わって成敗してくれたのでさあ。そんな人らを捕まえなさるので？」

「なに言ってやがる。俺たちだって、捕まえたくって捕まえるんじゃねえぞ。ともかく殺しは大罪ってことでなあ」

「そういうことだ」

藤次が反駁《はんばく》したのへ杉岡も短くつないだ。留左がそこまで言うのは、杉岡兵庫が着ながしに黒羽織の同心姿ではなく、職人姿だからでもあろう。

「つまりだ、杉岡どのも藤次さんも、そうした町衆の噂を集めていなさるのさ。それになあ……」

一林斎は、それと思《おぼ》しき薬草売りが霧生院にも来たことを人相もまじえて話し、仰天する留左に、

「これからはおまえにもこの霧生院が巻き込まれぬよう、気を配ってもらうから」

「そう言われても、どうすりゃいいんで？」

困惑する留左を背に、杉岡兵庫と藤次は霧生院の冠木門を出た。

外に出てから、

「こりゃあ旦那、霧生院の先生が話しなさったマタギの又市とやら、臭《にお》いやすぜ」

「そのようだ。俺たちが町場を歩いても出会えるかどうか……。一林斎どのの合力があれば、そのほうが早く手証を得られそうだ。あの留左も、なかなか役に立ちそうだしなあ」

二人は話した。

霧生院の居間では、

「また来るかも知れんでなあ。そのときにおまえに頼むことがあるかも知れぬ」

「なにをで」

「分からん。だからおまえ、柳原に行くのもいいが、できるだけここに詰めるようにしてくれ。それに、このことは一切口外無用と心得よ」

「へいっ」

一林斎からの頼みである。留左は腹から返答の声を絞り出した。なにしろいま世を騒がせている〝小気味のいい殺し〟に、関わろうとしているのだ。

夜、一林斎と冴は話した。

「おまえさま、穿《うが》った見方かも知れませぬが……」

冴は極度に声を落とした。

「殺し稼業……諸人《もろびと》が喝采する殺しをつづけ、その先に……」

源六の殺害がある。薬草売りの背後に薬込役が関わっていることを前提としての憶測だが、考えられないことではない。

「江戸にわれら以外の、敵方の潜みがもぐり込んだのかも知れぬ。杉岡どのと藤次が江戸中の薬種問屋と医者をまわったわけではあるまいが、かなりの数はあたっていよう。そこに足跡がないとは……」

「やはり、又市とやらは、ここへ探りを入れに……」

「うむ」

行灯の火を消した居間に、一林斎はうなずいた。

二

それからというもの、周囲に気を配った。

霧生院を探りに来たような、怪しげな影は見当たらない。

療治に来る患者も町内の顔見知りばかりで、得体の知れない者はいなかった。

だが、一林斎と冴には、さらに気を配らねばならないことがあった。

杉岡兵庫と藤次が霧生院の居間で〝マタギの又市〟の名を知ってから五日を経ていた。

その日の翌日だった。留左が一林斎に言われ、赤坂に走った。印判師の伊太に文《ふみ》を届けたのだ。イダテンである。

「――慢性的な肩こりへの処方を認《したた》めたのだ」

一林斎は言ったが、内容はそのようなものではない。イダテンは、紀州徳川家の上屋敷がある赤坂の町場に、印判師の看板を出している。留左は幾度か走っており、場所は知っている。看板といっても、裏長屋の腰高障子戸に〝印判　承《うけたまわ》り　伊太〟と墨書しているだけだ。

それから四日後の午前《ひるまえ》だった。

薬籠を小脇に出かけようとする一林斎に、

「あれ、トトさま。どこへ往診じゃ。薬籠持《やくろうもち》も代脈《だいみやく》もいらないのですか」

玄関口で佳奈は不満そうに言った。

「いやいや、いらないというわけではないが、午後も患者が来ようからなあ。佳奈にはカカさんと一緒に、ここへ残っていてもらわねばならん」

「でもぉ」

と、なおも不満そうな表情をくずさない佳奈に、冴も玄関口に出てきて、

「そうですよ、佳奈。トトさまのきょうの往診は、そう大儀なところではないから」

「だから、どこへ往診じゃ」

「それは……」

一林斎も冴も返答に困った。霧生院で診ている患家を、佳奈はすべて知っている。

いい加減な名は挙げられない。

「ともかく行ってくる。そう長くはかからぬゆえ」

一林斎は佳奈から逃げるように冠木門を出た。

「いったい、トトさまは……」

見送った佳奈の表情は、不満というより、不審の色を浮かべていた。

おりよく一林斎と入れ替わるように、町内の腰痛に悩む婆さんが杖をついて冠木門を入ってきたのが、あとに残った冴にはさいわいだった。


(困った。このさき、どうしたものか)

神田の大通りに出た一林斎は、念頭に悩みを置いたまま枝道へ幾度も入り、尾《つ》けている不審な目はないか用心しながら日本橋に向かった。いつもなら柳原土手に出て、そこから両国《りょうごく》広小路に迂回《うかい》して日本橋へ向かうのだが、きょうは留左が朝方、

「――へへ。ちょいと柳原で手慰みをしてから、午過《ひるす》ぎにまた来まさあ」

霧生院に声を入れたものだから、出会うのを避けたのだ。

往診などではない。

留左に託したイダテンへの文は、千駄ケ谷の町場に住まうロクジュに届けられ、下

屋敷にいる小泉忠介の手にわたる手はずになっていた。それは薬込役の符号文字で書かれ、イダテンもロクジュも内容を確認している。

――あくまで自然体にて、可能な者のみ日本橋に
それだけで江戸潜みの薬込役たちには分かる。その集合日がきょうなのだ。

〝自然体〟で〝可能な者〟のみとしたのは、不自然な動きで綱教《つなのり》配下の矢島鉄太郎《やじまてつたろう》に覚られるのを防ぐためである。

源六の命を狙う敵将の綱教に忠誠を示している、すなわち〝敵〟と明確に判明しているのは、綱教の腰物奉行・矢島鉄太郎と、国おもての城代家老・布川又右衛門《ふかわまたえもん》、それに尾州《びしゅう》潜みの薬込役・和田利治《わだとしはる》の三人のみである。いずれも強敵である。これら三人が、源六殺害のための配下をどれだけ差配しているか……そこは分からない。

布川又右衛門は国おもてで、薬込役を差配する大番頭《おおばんがしら》・児島竜大夫《こじまたつたゆう》の動きを封じ込めようとしており、矢島鉄太郎は竜大夫差配の江戸潜みの者を割り出そうと躍起《やっき》になっている。

そこへ下屋敷はともかく、上屋敷で不自然な動きをする者がいたなら、矢島鉄太郎の目につき、

（探りを入れられる）

ことになるのを警戒しているのだ。

江戸潜みの者が鳩首《きゅうしゅ》するのは、いつも日本橋北詰にある小振りな割烹《かっぽう》だ。武士から医者、町人が一部屋に膝を突き合わせるのだから、仲居たちには頼母子講《たのもしこう》の集まりだと話してある。

奥の部屋に、武士姿の小泉忠介と町人姿のロクジュ、それに職人姿のイダテンの顔がそろっていた。茶筅髷《ちゃせんまげ》に筒袖《つつそで》、軽衫《かるさん》の一林斎と合わせて四人だ。まさに四人とも異なる衣装で、頼母子講とでも言わなければ仲居が目を丸くすることだろう。

本来なら上屋敷の氷室章助と下屋敷のヤクシも中間《ちゅうげん》姿で来て、江戸潜みの総勢六人がそろうはずだが、いまは〝敵〟の動きも顔ぶれも分からないときである。四人が集まるだけで精いっぱいだった。

四人がそろったところで、小泉がきょう来られなかった二人をも代表し、

「きょうのこの談合、待っておりました」

言えば、ロクジュとイダテンは無言のうなずきを示した。

いずれもが不安なのだ。

紀州藩の仕組では、藩の隠密組織である薬込役は藩主の直属である。ならば光貞が隠居し長子の綱教が藩主になっているいま、大番頭の児島竜大夫も組頭の一林斎も、

綱教の下知を受けるのが理である。

だが、

——源六を護れ
かつて光貞から竜大夫が秘かに命じられ、その遂行の組頭に一林斎が就いた。光貞は隠居するとき、竜大夫に告げたのだった。

「——かつての下知、これからも生きているものと心せよ」

それを竜大夫も一林斎も、その配下の小泉らも奉じているのである。

薬込役は二つに割れた。

そのことを、綱教も綱教配下の布川又右衛門も矢島鉄太郎も感じとっている。しかし、どの組が源六防御のため江戸に潜んでいるかまでは知らない。先代の光貞からその受継ぎがないのだ。現藩主の綱教といえど、それを洗い出すことは容易でない。なぜなら、源六殺害の下知など正常ではなく、一切おもてに出せないからだ。藩の中にもそれは洩れてはならない。双方は光貞が隠居する前から極秘裡に戦い、闘争はいまなお続いているのだ。

たとえそれが正常とはいえない陰謀であっても、藩の仕組から、理は敵である綱教の側にある。だからこの戦いに敗れればどうなる。一林斎たちのほうこそ不忠の反逆者となり、藩の追討を受ける身となるだろう。

その攻防戦のなかに、一林斎は敵将であった光貞の正室・安宮照子《やすのみやてるこ》に、戦国よりつづく霧生院家秘伝の埋め鍼《うずばり》を打ち込み、秘かに葬った。おなじ鍼を、一林斎はいまの敵将である綱教にも打った。今年睦月《むつき》（一月）のことである。やがて綱教は死ぬ。しかしいつか……分からない。安宮照子のときは、打ってより四月《よつき》後に鍼の尖端が心ノ臓に達し、コトリと逝《い》った。ひとたびそれを打たれれば、死は免れない。だからである。綱教の将軍への夢も消えればこの戦《いくさ》も、

（必ず勝つ）

一林斎は人知れずその日を待っている。しかし、埋め鍼を打ってから、それがその者の心ノ臓に達するのは一月《ひとつき》後か半年後か、果ては一年後か五年後か、一林斎にも判断はつかない。

綱教の心ノ臓がコトリと止まるまでに、敵方の刺客が源六に迫り、さらには佳奈の存在が知られたならどうなる……。

昼の膳はまだ出ていない。講《こう》の談合が終わるまで、構わぬようにと仲居に言ってある。頼母子講の寄合《よりあい》なら、それが自然の作法だ。

四人が鳩首するなかに、

「氷室章助とヤクシの中間姿がないのは残念だが、仕方あるまい。きょうそなたらに集まってもらったのはほかでもない」

一林斎は話した。〝マタギの又市〟なる者が霧生院に来たことから、杉岡兵庫と藤次の語った、三件の殺しに奉行所の探索がどこまで進んでいるかをである。

小泉ら三人は固唾《かたず》を呑む思いで聞き入り、

「それは組頭！　間違いありませぬぞ」

「薬草売り、薬込役なら考えつきそうな職種」

小泉忠介が口を入れたのへ町人姿のロクジュがつなぎ、

「そやつは間違いなく霧生院を探りに！」

イダテンが核心に迫った。

一林斎もそう思ったからこそ、きょうの談合になったのだ。

一林斎は下知した。

「赤坂の上屋敷において、矢島鉄太郎の動向を注視し、外出すればかならずその行き先を突きとめよ」

「ならば、上屋敷に張り付いているのが、あっしと氷室どのだけじゃ手が足りやせんぜ」

「そこはだ、大番頭につなぎを取り、国おもてからハシリを江戸へまわしてもらうことにする」

イダテンがいで立ちにふさわしい職人言葉で言ったのへ、一林斎は応えた。

「ふむ。ハシリが来れば、組頭とわれらとのつなぎ役に、神田須田町に住まいを設け配置しては」

「そりゃあいい」

小泉忠介が言ったのへ、ロクジュもイダテンもうなずいた。

身近につなぎの手が欲しいのは、一林斎が最も痛感しているところである。

しかし、

「危険だ。ならぬ」

一林斎は言った。

怪訝な表情をする三人に、

「又市が敵方の手の者で、療治処に目串を刺したとしよう。そこへ新たな者が現われ療治処へ出入りしだしたとなればすぐ目につき、疑念をいっそう深めることになる。当面は、留左にその任を担ってもらうことにしたい。当人には申しわけなく、心苦しいのだがなあ」

一理はある。これまでもそうしてきた。だが留左はあくまで町の者であり、霧生院の奉公人でもない。自在が利かない。しかし〝敵〟が霧生院に目串を刺したかも知れないとあっては、薬込役を一人身近に置くのは、やはりかえって危険である。不便だが危険回避を優先し、一同は肯是《こうぜ》した。

部屋に膳が運ばれた。

張りつめていた空気がなごみ、その雰囲気のなかに箸を動かしながら、

「あの留さんは遊び人とはいえ、腹に一物《いちもつ》もない皐月《さつき》の鯉の吹き流しのような、いい男でござんすねえ」

「だからなおさら、当人には知らせずわれらの用を頼むなど心苦しくてなあ」

職人姿のイダテンが言ったのへ一林斎は応えた。

一同はうなずいた。

「せめて佳奈お嬢が、われらの役務を知っていてくれたなら、須田町に行ったとき、気を遣わなくてすむのですがねえ」

なにげなくロクジュが言った。江戸潜みの薬込役たちの、共通の思いである。いずれも霧生院の冠木門をくぐるとき、佳奈の前では療治に来た患者を装うのに苦労している。だがロクジュの言った内容は、霧生院のあり方の根本に関わることなのだ。

ふたたび座に緊張が走った。さきほどのものとは、また別種の緊張感だ。そこにロクジュは気づいたか、

「い、いえ。それがしはただ、さように思うたのみにて、他意はありませぬ」

つい慌て、武士言葉になった。

だが一林斎は、この言葉を待っていた。

「うーむ。そうよのう」

応じるように返し、

「佳奈はもう十四歳だ。いつまでもごまかしは利かぬ」

「組頭！」

小泉忠介は箸をとめ、一林斎の表情をさぐるように見つめた。小泉は光貞と佳奈が内藤新宿の鶴屋で対面した場に、二度とも立ち会っている。江戸潜みのなかでは、一林斎の胸中を誰よりも深く解している。

いまの一林斎の言葉は、配下の薬込役たちにその日の近いことをにおわしたというより、

（組頭が自分自身に言い聞かせた言葉）

そう解釈した。

「よろしいので？」

小泉は質《ただ》すような口調で、一林斎の表情をのぞき込んだ。佳奈お嬢に、霧生院が紀州徳川家の薬込役であり、江戸潜みの本営であることを告げ、その自覚を持ってもらう。そうすれば向後、イダテンやロクジュらが一林斎につなぎを取るのに、ずいぶんと楽になるだろう。

しかしそれは、佳奈お嬢に五十五万五千石の紀州徳川家の血筋であることよりも、向後とも一林斎と冴の〝娘〟としての道を歩ませることを意味する。

返事のない一林斎に、

「ほんとうに、それでよろしいのですか」

小泉は再度、質した。イダテンもロクジュも固唾《かたず》を呑み、一林斎を見つめている。

一林斎は言った。

「いずれ、のう。それよりも、ここはさすが日本橋の河岸《かし》に近い料理屋だ。いつ来ても魚が旨いのう」

箸を動かしはじめた。

（やはり、迷うておいでじゃ）

三人は解し、

「そりゃあそうでさあ。おもての角を曲がれば、そこがもう河岸でやすからねえ」

話題を変えたのへ、緊張のきっかけをつくったロクジュがすかさず乗り、

「帰りに、ちょいとのぞいてみましょうかい」

イダテンもそれにつづいた。

帰りもそれぞれが尾行に用心し、あちらの枝道こちらの角と複雑に曲がり、安全を確認しながら帰途の歩を進めた。

一林斎は、

(留左はもう療治処に入っていよう)

と、両国広小路に進み、柳原土手を経て須田町に戻った。戻るその一歩一歩に、

(その日が来るのを、一日でも先に延ばしたい)

思いが込み上げてくる。

三

「おっ、先生。お戻りですかい。へへ、ちゃんと詰めておりますぜ」

冠木門を入ると、縁側から留左の大きな声が迎えた。

「ほう。手伝《てつど》うてくれていたか」

一林斎は、縁側で薬研を挽いていた留左に返した。

療治部屋で町内の胃痛の患者に冴が鍼を打ち、佳奈は薬湯を調合している。佳奈はその手を休めず、一林斎のほうへ顔を向けただけだった。一林斎が出かけたあと、かなり冴に問い詰め寄ったものの、納得できる返事を得られなかったことが、その表情からも読み取れる。

(困った)

思いながら、薬籠を小脇に縁側から上がろうとする一林斎に留左が、

「先生よう。さっき、みょうなことを耳にしやしたぜ」

「ほう。なにを」

一林斎は薬籠を抱えたまま、縁側で足をとめた。

「この療治処のことを、いやに詳しく聞き込んでいた浪人がいたってよ」

「浪人じゃないよ。行商の人だったよ」

留左の話へつなぐように、待合部屋からも声が出た。療治部屋も待合部屋も、縁側の明かり取りの障子を開け放している。

声はいつも来る腰痛の婆さんだった。

「ほう。その行商って、目も口も大きな、目鼻のくっきりした男じゃなかったかね」

「そう、そんな顔だった。先生、知ってなさるのかね。呼びとめられたのは、二、三日前だったけどね」

婆さんは応えた。マタギの又市だ。すでに夏場に入っており、鹿皮の袖なし羽織はつけていなかったようだ。つけていたなら、珍しい物だから婆さんは特徴の一つとして言うはずだ。

「で、なにを訊かれたね」

「それがまた直接ここへ来れば分かることなのに、家族は幾人だとか、ずっと昔からあった療治処かなどと。一応は教えてやったよ。十年ほど前からで、ご新造さまとお嬢が一人って」

正確には八年前だ。

留左は足曳きの藤次と杉岡兵庫から、煎じ薬売りで殺し稼業の話は聞いているが、マタギの又市には会っていない。腰痛の婆さんの話にそれを結びつけることはなく、興味も示さなかった。しかも〝浪人〟と言ったのを、婆さんが横から口を出して〝行商人〟などと言ったものだから、

「てやんでえ。俺が聞いたのは、確かに浪人だったぜ」

と、待合部屋の婆さんを無視するように、なかばふてくされ薬研を挽きつづけた。

その留左に一林斎は、

「で、留は直接その浪人とやらに、訊かれたわけじゃなさそうだなあ」

「俺かい。さっき向かいの大盛屋へめし喰いに行ってよ、そこのおかみさんから聞いたのさ。それがどうかしやしたかい」

「ふむ。大盛屋だな」

霧生院と向かい合わせに暖簾《のれん》を出している、けっこう繁盛している一膳飯屋だ。霧生院でも忙しいときには、賄《まかな》い飯《めし》を頼んだりしている。

聞くと一林斎は、

「留。この薬籠さ、療治部屋へ入れておいてくれ」

と、踏み石に脱いだ草履を縁側から下りてまたつっかけた。

「トトさま。どこへ」

佳奈が療治部屋から縁側に出て来た。明らかに怒ったような口調だった。

「いや、ちょっとな。大盛屋へ」

「これ、佳奈。薬湯、まだ途中でしょう」

療治部屋から冴が佳奈を呼んだ。

冠木門へ向かう背に、一林斎は佳奈の鋭い視線を感じた。

それを無視するように冠木門を出た。江戸潜みがいま、得体の知れない敵に遭遇しようとしているかも知れないのだ。

大盛屋では昼の書き入れ時が終わった時分で、おかみさんからゆっくりと話を聞くことができた。

人相を訊くと、マタギの又市ではなかった。不気味な感じの浪人だったという。来たのはきょうの午前《ひるまえ》で、ほとんど留左と入れ違いだったらしい。

訊かれたのは、二、三日前に腰痛の婆さんがマタギの又市から尋ねられたという内容へさらに加え、

「――医者どのは霧生院一林斎どのと申されるか。それで一人でどこかへ出かけ、幾日も戻らぬことはないかのう。それに町内で犬が吠えたときなど、その医者が駈けつけてうまく処理したりなどしていないか」

「――あんれ、ご浪人さま。よくご存じじゃねえ。そのとおりですよ。一林斎先生は、お犬さまの扱いに慣れておいでのようで。それに幾日も帰らぬかでございますか。そりゃあ薬草採りに一人でお出かけになることもあれば、ご家族そろってのときもありますよ。幾日もということはないようです。それに佳奈お嬢さまが可愛くて賢

くて、そりゃあもう一林斎先生の鍼の腕とおなじくらい評判でございますよ」

浪人が訊いたのへ、おかみさんは応えたという。

「それにしてもあのご浪人さん、みょうですよ。どこか診てもらいたいところでもあるのかと思ったら、ここを出ると冠木門からちょいと庭をのぞいただけで、おもての大通りのほうへ行ってしまったのだから。そのあとすぐですよ。留さんが、わー腹減ったって飛び込んで来たのは」

「留さんならいま、霧生院《うち》で薬研を挽いてもらっているよ」

と、一林斎は早々に腰を上げ、療治処に戻った。

戻ると療治部屋ではなく、奥の居間に入った。

筆を取った。国おもての児島竜大夫に、きょうの談合の件とマタギの又市、それにいましがた聞いた浪人の存在を認《したた》めはじめた。もちろん、薬込役にしか判読できない符号文字である。

江戸と京のあいだには月に三度、町飛脚が出ており、その日程を一林斎は知っている。あしただ。京からは、摂津《せっつ》のほうへ走る便が東海道以上に頻繁に出ている。書き終えると、きょう中に日本橋の取次屋に持って行かねばならない。イダテンを和歌山まで走らせるのが、最も便利で最も速いのだが、氷室章助とともに矢島鉄太郎の動きに目を張りつけておらねばならず、いま江戸にいる薬込役の人数は一人たりとも割くことはできないのだ。

得体の知れない浪人がもし薬込役で、城代家老・布川又右衛門の命を受け薬込役大番頭・児島竜大夫の目を盗んで江戸へ下向した者であったなら、〝霧生院一林斎〟の名を聞けば、

（元城下潜みで大番頭の娘婿《むすめむこ》！）

気づくかも知れない。その浪人は大盛屋のおかみさんに、わざわざ犬のことを訊いている。いよいよ薬込役であるにおいが濃くなってきた。薬込役なら、一林斎考案の憐み粉の存在を知っており、調合もできる。

しかし、竜大夫からは和歌山城下の組屋敷から抜忍《ぬけにん》が出たとの知らせはない。焦った。あす三度飛脚が日本橋を出立《しゅったつ》し、それが竜大夫の手に届き、ハシリが江戸へ出て来るまで二十日はかかろう。そのあいだに、浪人が霧生院一林斎の存在を綱《つな》教《のり》側近の布川又右衛門に知らせたらどうなる……。紙片に筆を走らせながら、一林斎の心ノ臓は高鳴った。

「トトさま。なんじゃ、それは」

「か、佳奈」

文机《ふづくえ》に向かう背後から不意に声をかけられ、ふり返るなり思わず紙片を左手で覆《おお》う仕草を見せた。

かえってまずい。

すぐに手をもとに戻し、

「おまえ、療治部屋のほうはどうした」

「それ、なんの文字じゃ」

佳奈は一林斎の叱声にも似た問いを無視し、文机の紙片をのぞき込んだ。そこに綴《つづ》られているのは、薬込役にしか判読できない符号文字である。もちろん佳奈には、そうした文字の存在すら教えていない。

「これか。これは、薬種屋にしか判らない記号でなあ」

「佳奈、療治部屋へ早う戻って来なされ」

療治部屋のほうから冴の声が聞こえた。

「は、はい」

佳奈は居間を出た。

(まずい。まずいぞ、これは)

一林斎はさらに心ノ臓を高鳴らせながらも、いまはともかく竜大夫への文が肝心である。筆を走らせた。

逸《はや》る気を抑え、

（留左に）

思ったが、書状の宛名が〝児島竜大夫〟ではないものの、和歌山城下の組屋敷の架空の名になっている。それで竜大夫に届くのだが、留左は佳奈に訊かれれば、いや、訊かれなくても、

『紀州さまのご城下へ宛てたみたいだったぜ。なんなんだろうねえ』

話すだろう。

佳奈の疑念はますます増すだろう。

太陽は西の空にまだ高い。

赤坂の上屋敷では、日本橋での談合の内容がすでにイダテンから伝わり、

『よし』

中間姿の氷室章助が気を引き締めているころだろうか。

「冴、もう一度ちょいと出かけてくる。留、さっきの薬籠を出してくれ」

「へいっ」

庭から声をかけ、一林斎は薬籠を小脇にふたたび冠木門を出た。佳奈が縁側に出

て、無言でその背を見つめていた。

四

（まずい。まずいがいまは……）

思いながら足を速めた。それでも幾度か大通りから枝道に入り、身辺に胡乱《うろん》な影がないか気を配った。

ない。

日本橋の、下駄や大八車の騒音が聞こえてきた。

三度飛脚の取次処のある枝道へ入った瞬間、

「先生！」

「うっ」

不意に声をかけられ、相手の顔を見るなり、

「おぉ！」

肩をつかまえ軒端《のきば》に引き寄せた。

いましがた文にその名を記した、ハシリではないか。職人姿を扮《こしら》えている。

「大番頭の下知で、きょう午過《ひるす》ぎに江戸へ着きました」

「ふむ。ともかくその辺で」

一林斎は周囲にあらためて目を配り、近くの茶店に入って奥の部屋を取り、

「して、いかなること」

畳に腰を据えるなり、いまから国おもてに三度飛脚で文を出そうとしていたことと、その内容を低声《こごえ》で話し、ハシリを凝視した。

ハシリは語った。

まっさきに赤坂の長屋へ行くと、イダテンがきょうの談合のようすを上屋敷の氷室章助に伝え、戻って来たところだった。イダテンも驚いたことだろう。もちろん談合の内容をイダテンはその場でハシリに話した。

「ならば組頭は文を認《したた》め、三度飛脚はあしたゆえ、取次処の近くで待っておればかならず会えるはずと思い」

着替えをしてさきほどの角で待っていたという。

さらに国おもてでは、城代家老の布川又右衛門がいよいよ薬込役への締めつけを強め、大番頭の児島竜大夫が一日も城下の組屋敷を留守にできない状態らしい。しかも城代家老は個別に釣り上げた薬込役数人に、江戸潜みの陣容をしきりに質《ただ》していると

いう。

「そこで大番頭は江戸おもてを心配され、それがしを遣《つか》わされた次第でして」

「ふむ。城代に釣られた僚輩の面は、割れているのか。そのまえにハシリよ。おまえはいま江戸の職人だぞ」

ハシリが武士言葉で話しているのをたしなめた。

「あっ。これは迂闊《うかつ》でやした」

ハシリは恐縮したように湯飲みを口に運んで喉を湿らせ、

「数人いるようで。大番頭は城下での血なまぐさいことは避け、そいつらを泳がせておいでできあ」

「うむ。それがよい。で、城代に江戸潜みの陣容を少しでもつかんだようすは？」

「ふふふ、組頭。陣容どころか、江戸潜みが存在することさえ、慥《しか》と知っているのは大番頭と、組屋敷の中ではあっしだけですぜ。やつらが勘づいていても、探りようはありやせんぜ」

「ふふ、もっともだ。こちらのようすは、いま話したとおりでイダテンからも聞いたろうが、ともかく切羽詰まっておる。実はな……」

マタギの又市なる者と得体の知れない浪人が神田界隈を徘徊《はいかい》し、霧生院のようすを窺《うかが》っていることを話した。これは一林斎が談合の場から戻ってきたあとに知ったことであり、小泉忠介もイダテン、ロクジュもまだ知らない。

「えっ。さような、いえ、そんなことが」

にわかにハシリは緊張を覚え、上体を前にかたむけ、

「その薬草売り、いずれ薬込役の抜忍《ぬけにん》……」

ハシリも鑑定した。藩主が代わったとはいえ、国おもての薬込役は児島竜大夫をはじめ、隠居した光貞の下知をいまなお奉じており、たとえ新藩主・綱教の意を受けた城代家老・布川又右衛門の下知で城下を離れたとしても、竜大夫が下命していないものは抜忍となる。

薬込役は戦国の甲賀のながれを汲んでいる。戦国の世に抜忍は抹殺されるのが定法であれば、その不文律は、組織と秩序維持のうえから、現在《いま》もやはり生きていることになる。

だがそれは、光貞の下知を奉じる側の理屈であり、新藩主の綱教や城代の布川又右衛門にすれば、児島竜大夫のほうこそ不忠であり、その下知に動く者こそ抜忍なのだ。そこは一林斎らも承知している。

「さよう、抜忍だ。したが、この戦《いくさ》、敗れればわれらが抜忍になるぞ。同時に、源六

君の命運も……そこまでとなろう」

言った一林斎の脳裡には、源六の顔とともに佳奈の顔が浮かんでいた。一林斎はいま、冴とともに源六を護ることと、もう一つの重大な問題を抱えているのだ。

「はーっ」

そこまで解したのかどうか、ハシリは肯是《こうぜ》の声を返した。

話はなおもつづいた。

「江戸へは東海道を踏んだか、それとも中山道《なかせんどう》か」

「はい、いや、へえ。それが、中山道でさあ。大番頭にそう言われやして」

これだけで、一林斎とハシリは互いに訊きたいこと、話したいことを覚《さと》った。

東海道を踏めば尾張《おわり》を通る。そこには尾州潜みの和田利治《わだとしはる》がいる。和田の有能なことは、竜大夫が最もよく知っている。竜大夫が配置した人材なのだ。遠国潜みで、布川又右衛門の傘下《さんか》に入ったと判明しているのは、この和田利治一人である。ハシリが尾張を経れば、和田に察知される可能性がある。和田配下の者がハシリを尾け、その行き先を突きとめるかも知れない。

だから用心のため、ハシリにとっては不満だったが、竜大夫は中山道への道中を命じたのだ。京、大坂にも遠国潜みを配置しているが、これらは竜大夫が慥と掌握している。中山道に、薬込役の遠国潜みはいない。誰にも見咎められず、江戸に入ることができる。

ハシリはつづけた。

「尾張には別の者を遣わし、和田どのの動向が分かり次第つなぎを取る、と」

「大番頭はそう申されたか。さすが用心深いお方よ」

一林斎は言うと茶店の者に筆と墨を用意させ、その場で文を開き、ハシリの江戸着《ちゃく》到《とう》を記し、ふたたび封をした。

このあとハシリが赤坂のイダテンの長屋に戻り、〝敵〟と思《おぼ》しき者が霧生院に探りを入れた話をすれば、それはきょう中に千駄ケ谷にも伝わり、一同は昼間の談合のとき以上に、事態の切羽詰まっていることを感じ取るだろう。

五

ふたたび霧生院に帰ったとき、陽は西の空にかなりかたむいていた。待合部屋にも療治部屋にも、患者はもういなかった。冴と佳奈は台所に入ったようだ。

だが縁側はにぎやかだった。

「てやんでえ。いつ帰《けえ》るか、そんなこと俺に訊かれても知るかい」

「そんなこと訊いていねえぜ。ここで待たせてもらうって言ってるだけでえ」

「どんな大事《でえじ》な用件か知らねえが、俺に話せねえってのが癪《しゃく》に障らあ」

「話せねえとも言ってねえぜ。先生が帰《けえ》られてから話すって言ってんだ」

足曳きの藤次だ。

冴も佳奈も仲裁に出てきていないところを見ると、藤次はいま来たばかりで、さっそく留左といつもの諍《いさか》いが始まったようだ。

「なんですか。奥まで聞こえていますよ」

佳奈が奥から縁側に出て来るのと同時だった。

「あっ、先生！」

藤次は縁側に下ろしていた腰を上げた。

佳奈は一林斎の帰って来たのを見ると、なにも言わず奥に消えた。

（佳奈）

一林斎は胸中に呼びとめたが、いまはそれよりも藤次の来訪である。いましがた来たのなら、留左はまだマタギの又市や不気味な浪人が霧生院を探っていたことを話していないはずだ。話されては困る。

「おぉう、どうした。またこむら返りか。それとも……」

「へえ。その、それとものほうでして」

冠木門から近づく一林斎に、藤次も縁側から歩み寄って応えた。

二人は庭で立ち話をするかたちになり、留左は縁側に立っている。

「また殺しでもあったか」

「ありやした。きょうの午過《ひるす》ぎでさあ。浅草《あさくさ》の仲見世通《なかみせどお》りで、武士が」

「なに！」

一林斎が日本橋の割烹で小泉忠介らと鳩首していた時分ではないか。

「えっ。またかい！」

留左が嬉しそうに敷石に飛び降り、庭下駄をつっかけ立ち話に加わった。

殺されたのは若い旗本で、茶屋で酔って暴れ出したところ、いきなり倒れ、店の者が驚いて抱き起こし、急いで町医者を呼んだが駆けつけたときにはすでに息絶えていたという。それも、のたうつでもなく呻《うめ》くでもなく、誰も気づかないうちに呼吸を止めていたらしい。

「あっしらが現場に走ったときには、死体はすでにお屋敷に引き取られたあとで、こうなりゃあもう手も足も出ませんや。一緒に駆けつけた定町廻りの旦那方もあっしの同業も……」

「へへん。地団駄踏んだってとこかい」

「なにい」

愉快そうに留左が口を入れたのへ、藤次がまた喧嘩腰になった。

「留。ひかえろ」

「へえ」

一林斎にたしなめられ、留左は恐縮の態《てい》になり、首をすぼめた。

「で、どうなった」

「あっしの旦那は隠密廻りでやすから、単独で動けまさあ。それで死体を検《あらた》めた医者にあたってみやした」

「ふむ」

一林斎は藤次の話にうなずき、留左は凝《じ》っと聞いている。

「驚いたことに、首筋に手裏剣が打ち込まれていたっていうじゃありやせんか。しかも医者が言うには、手裏剣の傷は浅くて致命傷じゃなく……」

藤次が身をぶるると震わせたのへ一林斎が、

「毒が体内にまわった死に方だ……と」

「えっ、よくお分かりで。そのとおりなんでさあ。手裏剣に毒が塗られていたんだろうと、その医者が。それでこのことを霧生院の先生にお知らせし、そんな毒が実際にあるのかどうか。ついでに先日聞きやした目と口の大きな薬草売りはその後来ていないかどうか訊いてこいと、杉岡の旦那が」

「言ったか」

「へい」

「うーむ」

一林斎は考え込む態をつくり、

「あるにはあるが、早い話がトリカブトだ。だが、なにが塗られていたか、毒物を調べてみなけりゃ判らん。その手裏剣は？　それに、あのときの薬草売りはその後ここには来ておらんぞ」

「えっ」

と、留左が口を入れようとしたのをすかさず一林斎は手で制し、

「手裏剣の話、他の町方は？」

「気づいておりやせん。なにぶん死体もなく、手裏剣も引き取りに来たお武家が持ち去ったあとで、こたびは手証どころか死体も残っておりやせん。ともかくそんな物騒

な毒物、あることにはあるんでやすね。それじゃあっしはこれで。まだ杉岡の旦那が、近くにあの薬草売りが来ていなかったかどうか、現場の界隈に聞き込みを入れてなさるもので」

藤次は言うと留左には、

「やい、留。浅草の町衆もなあ、おめえみてえに喜んでいやがったぜ。だからおめえに話したくなかったのよ」

また一林斎に顔を向け、

「すでに聞き込んだなかでは殺された侍《さむれえ》、浅草じゃ強請《ゆすり》たかりの札付きの悪《わる》で、町の嫌われ者だったらしいですぜ」

「へん。だから殺されたんだろが。そんなの、捕まえるんじゃねえぞ」

「うるせえ」

留左に一声浴びせ、

「先生。またなにか判りやしたらお知らせしまさあ。合力、お願いしやすぜ」

言うときびすを返し、冠木門を駈け抜けて行った。

「やっぱりいるんでがしょうかねえ、悪党殺しを生業《なりわい》にしている殺し人って。いってえどんな野郎で」

「ふむ」

藤次の背が冠木門の外に消え、留左が期待を込めたように言ったのへ、一林斎は肯定とも否定ともつかないうなずきを返した。

体内に入れば、数呼吸で全身の力が抜け、さらに数呼吸ののち、苦しむことなく死に至る。紀州藩の薬込役が、甲賀の秘薬を現在《いま》なお秘術として精製している毒薬……安楽膏《あんらくこう》による死に方ではないか。しかも手裏剣に塗って標的に打ち込む。まさしく薬込役の手法であり、冴の手裏剣もそれを想定しての技である。

実際に一林斎はこれまで、安宮照子と組んだ京の陰陽師・土御門家《つちみかどけ》の式神《しきがみ》たちとの闘争で、手裏剣に塗り、あるいは苦無の先につけ、幾度も使った。源六と佳奈の産みの母親である由利が殺されたのも、僚輩であるはずの〝抜忍〟に、安楽膏を塗った手裏剣を打ち込まれたからである。

すなわち、紀州徳川家の薬込役なら、

(誰でも調合できる)

秘伝なのだ。

それの使用された手証を、こたび手を下した者は残した……。

(武士に打ち込めば、屋敷は世間体をはばかりすぐさま死体を回収し〝急の病〟と称して処理し、痕跡が町方に知られることはない……）

打ち込んだ者は、そう算段したのかも知れない。

ならば標的の武士に難儀をかけられていた茶店の者がすぐに町医者を呼び、その医者が武家屋敷に運び去られる前に手裏剣を確認したのは、打ち込んだ〝抜忍〟の誤算だったか。さらに町医者になんらかの手当てを講じていなかったのも、失策というほかはない。その失策のすき間に、いち早く隠密廻り同心の杉岡兵庫が入り込み、しかもその見立てが霧生院に伝えられた……。

そこまでは知らなくとも、打ち込んだ者は野次馬に混じり、町医者が駈けつけ首筋の手裏剣に気づいたのは確認していよう。手裏剣を回収する間もなかった……。

庭に立ったまま、一林斎の心ノ臓は高鳴った。

西の空に、陽は落ちようとしている。

夕の膳は冴が気を利かせ、

「留さんも一緒に、ここですませていきなさいな」

言ったものだから留左は喜び、佳奈の不機嫌さから、険悪な雰囲気になるかも知れなかった霧生院家の夕餉《ゆうげ》の場は、

「驚きでやすねえ。やっぱりいたんだ。欲得で殺しなんざ許せやせんが、こればっかりは許せやすぜ」

「あらら、留さん。そんなこと、懲《こ》らしめるだけなら許せるけれど」

佳奈が応じ、会話のあるなかに進んだ。

だが、一林斎と冴の心中は穏やかではない。

冴はこの場での留左の話から、浅草の事件を知った。

(やはり、世間受けする殺しをくり返し、その延長に源六君を……)

戦慄《せんりつ》が背筋に走る。

しかも〝策〟としては、連続の殺しが時期に適《かな》っている。

一林斎もそれを痛感しているはずだ。

だからといって、居間で行灯を消してから秘かに話し合うことはもうできない。眠ったと思った佳奈が、まだ起きているかも知れないのだ。

その歯痒《はがゆ》さのなかに、

(そろそろのはず)

冴は思うと同時に、

(もう、限界)

痛感せざるを得なかった。

そろそろ源六が大名暮らしの堅苦しさにしびれを切らし、息抜きとばかりにお忍びで市中へくり出す。

刺客が狙うならそのときであろう。

そのときに備え、これからイダテンたち江戸潜みの、霧生院への出入りは頻繁となるだろう。そのたびに佳奈を言いくるめるなど、すでに限界となっているのだ。そこに気を遣えば、役務にも支障を来《きた》そうか。

加えて〝抜忍〟と思《おぼ》しき者らが、霧生院の周辺を嗅《か》ぎはじめたのである。

三　霧生院《きりゅういん》佳奈《かな》

一

三日、四日と過ぎても、表立った変化はなかった。

「上屋敷の氷室章助どのからのつなぎでやすが、腰物奉行の矢島鉄太郎にこれといった動きはないそうです」

イダテンが一度、霧生院へ伝えに来た。

向かいの大盛屋のおかみさんも、朝の往還の掃き掃除をしながら、

「みような浪人さ、また来ましたよ。患者は多いのかなどと訊いたりして」

竹箒《たけぼうき》を持って冠木門から出てきた冴に、立ち話のかたちで言った。

それだけである。

敵もこれまでの経緯から、陣容を見せない江戸潜みが強力なことを、充分に知っているはずだ。慎重になっているのかも知れない。とくに矢島鉄太郎にとっては、藩邸内にも児島竜大夫配下の江戸潜みが入っていることを予想しながらも、それが誰であるか判らない。迂闊《うかつ》な動きはできないのだろう。これまでの刺客が、陰陽師の式神たちであったころも含め、すべて返り討ちに遭っているのだから、慎重に慎重を重ねているのだろう。敵にすれば、源六こと松平頼方という標的が身を隠す心配はないのだから、時間的な余裕はある。

だが防御の側は、そうはいかない。敵は霧生院に探りを入れてきているのだ。皐月《さつき》(五月)も下旬に入っている。源六が千駄ケ谷の下屋敷に入ってから、二月《ふたつき》が過ぎた。実際に、そろそろである。

(このあたりで源六君は、息抜きをするはず)

一林斎と冴だけでなく、江戸潜みの薬込役全員が思っている。

そのような一日、

「徳田の爺《じじ》さまはいかがお過ごしかなあ」

不意に佳奈が言った。待合部屋が空になり、療治部屋で手の空いたときだった。

胸中にいつも思っていることが、ふと口をついて出たといった風情だった。

鍼の手入れをしていた一林斎と冴はどきりとし、

「………」

そっと顔を見合わせた。

両名にとって、いま最も敏感なところに佳奈は触れたのだ。

それだけではない。イダテンが霧生院へつなぎを取りに来たとき、二、三度冠木門から庭をのぞき、縁側に一林斎か冴が出てきたときにチラと姿を見せ、どちらかが気を利かせて庭に下り、冠木門の脇で素早くつなぎを受けるかたちを取っていた。佳奈の目を気にしてのことである。これでは緊急のときには間に合わない。すでに役務に支障を来している。

日本橋の割烹でロクジュが、

「――せめて佳奈お嬢が、われらの役務を知っていてくれたなら」

なにげなく言ったのが思い起こされる。

「ふむ。徳田さまはお歳ゆえ、また療治の声がかかろうかなあ」

「えっ。ほんとう！」

佳奈は薬草を調合していた手をとめた。

「その前にだ、佳奈」

一林斎はつづけた。

「神田明神や湯島天神《ゆしまてんじん》などはすぐ近くだから、町内の遊び仲間と幾度も行ったろう」

「はい」

トトさまはなにを言いだすのかと、怪訝な表情で佳奈は返事をした。

すぐ横で、冴が笑顔で聞いている。だが、目は真剣だった。

「ちょいと足を延ばし、目黒不動《めぐろふどう》にお参りしてみないか」

「えっ、わーっ。目黒のお不動さん、知っています。富士山がきれいに見えて、竹ノ子ご飯に目黒飴《あめ》。でも、遠いのではありませぬか」

佳奈は目を輝かせ、期待を込めた声で問い返した。お不動参りよりも景色と食べ物が口をついて出てくるのは、やはりまだ十四歳の娘か。いずれも江戸府内に知られた名所と名物である。

目黒不動堂は、江戸の西の果てに位置する下目黒村《しもめぐろむら》の泰叡山《たいえいざん》瀧泉寺《りゅうせんじ》の境内《けいだい》にあり、景色や名物と合わせ江戸庶民の信仰を集めている。とくにこの名が江戸市中で知られていたのは、瀧泉寺の目黒不動に三代家光《いえみつ》将軍の尊信が篤《あつ》く、不動明王の堂塔は家光が寄進したものであったためだ。このため諸人《もろびと》は瀧泉寺そのものを〝目黒のお不動さん〟と呼び、江戸市中から離れているとはいえ、不動信仰の中心となっていた。

だから佳奈もその名を知っていたのだ。

「そうね。ほら、この神田からなら内藤新宿へ行くのとおなじくらいかな。朝早く出れば……」

「その日のうちに帰って来られます」

冴が言ったのへ、佳奈はもう行く気になってあとをつないだ。

「そうだなあ、こたびは留左も一緒に来てもらおうか」

「わっ、ほんとう! わたしから留さんに話します」

以前は驚いたときや喜んだときには、〝わっ〟と声を上げるのが佳奈の口ぐせだったが、ひさびさにそのころが戻ったようだった。

「で、いつじゃ。いつ行きますのじゃ」

佳奈はせがむように視線を一林斎と冴へ交互に向けた。

そのような佳奈が、一林斎と冴には嬉しかった。だが二人とも、なにやら覚悟を秘めたような目の真剣さを消していなかった。

「近いうちに。患者さんのようすを見て、療治処を留守にできる日を選び」

「だったら、二、三日後じゃ。調整はさっそくきょうから始めまする」

佳奈は積極的になった。

留左にも話した。

「えっ、お嬢。ほんとうですかい。竹ノ子飯《めし》、うーん、もう遅いか。いや、まだあるかもしれん」

留左もやはりお参りよりも名物が先に立ったようだ。

二

その日が来たのは三日後だった。

「へへ、参りやしょうかい」

と、まだ暗いうちから留左は単《ひとえ》の着物を尻端折に手甲脚絆をつけ、道中笠までかぶった旅支度で霧生院の冠木門を叩いた。すぐに開いた。振分《ふりわけ》荷物はかけていないものの、竹筒の大きな水筒を二つも腰に提《さ》げているのは、四人分のつもりのようだ。冴も佳奈も着物の裾をたくし上げ、紅い緒の手甲脚絆に道中笠に杖《つえ》を持っている。一林斎はいつもの軽衫《かるさん》に筒袖《つっそで》に塗笠《ぬりがさ》のいで立ちで、往診に出かけるときと異なるのは、草履《ぞうり》ではなく草鞋《わらじ》の紐をしっかりと足に結んでいるところくらいだ。腰には苦無を提げている。

薬草を見つければいつでも根を掘れるようにとの用意だが、飛苦無にもなる小型の苦無は冴と佳奈のふところに入っている。

「おやおや、留さん。きょうはいやに張り切っているじゃないか」

と、向かいの大盛屋からおかみさんが出てきた。

以前、内藤新宿に行ったときには留左が療治処の留守居で、そのときに杉岡兵庫と足曳きの藤次が来て、留左に殺し人の話をしたのだが、きょうは大盛屋が留守を見ることになっている。

「さあ、冠木門は閉めて。誰か叩く者がいたなら、あたしらがすぐ出るから」

と、東の空の明けはじめたころ、おかみさんは四人を送り出した。

「へへ。長年神田に住んでおりやすが、こんなに人通りのねえ大通りを見るのは初めてでさあ。こうして見ると、この通りも広いんでやすねえ。目黒不動ももちろん初めてでやすがね」

神田の大通りに出ると、留左ははしゃぎはじめた。まだ薄暗い大通りは、静かで人の影も日本橋の魚河岸へ走る魚屋や納豆《なっとう》売りなどをときおり見かける程度で、昼間より相当広く感じる。

そこに歩を進め、留左には体力的に余裕がある。足は佳奈に合わせているので、そぞろ歩きのようなもので、ついはしゃぎたくなる。

「留、あまりはしゃぐな。さきは長いぞ」

「でやしょうが、ゆっくり行っても、お天道さまがまだ東の空にあるうちに着く道のりじゃござんせんかい」

と、元気がよい。甲州街道の下高井戸宿に一度同行したことはあるが、あのときは薬草採りで篭《かご》を背負っていた。まったくの物見遊山《ものみゆさん》につき合うのは初めてであり、それがよほど嬉しいようだ。

進む一歩ごとに空は明るくなり、人出もしだいに増え、日本橋に近づいたころに日の出を迎えた。すでに街道には旅装束の者や大八車が出ており、日本橋の橋板にはそれらの騒音が響いていた。

ちょうどそのころ、射しはじめた陽光を受け、霧生院の閉じられた冠木門の門扉を叩く者がいた。最初は弱く叩いていたが、まだ寝ていると思ったのか強く叩きはじめた。火急の用があるような叩き方だ。

「あぁ、もしもし。急患かね。気の毒だけど、きょうは……。あれ、あんた」

職人姿のハシリだった。大盛屋のおかみさんとは見知った間柄である。ハシリは息せき切っている。走って来たようだ。

「急患なんだ。えっ、家族そろって留守？　どこへ？　目黒不動⁉」

行き先を聞き、ハシリは仰天した。家光将軍の寄進した目黒不動の名は知っていても、江戸にまだなじみは薄く場所までは知らない。仰天したのは、そのようなことではない。

「西のずっとはずれさ。上目黒村《かみめぐろむら》を目ざし、途中で土地《ところ》の人に訊きなされ。あのあたりでお不動さんと言えば知らない人はいないから」

およその場所をおかみさんから聞くと、

「ともかく行ってみまさあ」

「せっかくの遊山なのにねえ」

一林斎たちへ同情する声を背に、ハシリは神田の大通りへ走り出た。


この日未明、留左が旅支度で霧生院の冠木門を叩くよりもさらに早い時分だった。千駄ケ谷に動きがあった。

紀州藩下屋敷から、提灯《ちょうちん》を手に一人の中間が裏門から出た。役付中間のヤクシである。小頭《こがしら》の小泉忠介の指示だった。町場のロクジュの棲家《すみか》に急いだ。小さな町場の裏手に、掘っ立て小屋の百姓家を借りている。

板戸を叩く音にロクジュは飛び起き、用件を聞くなり、

(やはり来たか)

すぐさま提灯を持って棲家を飛び出た。町場なら提灯などいらないが、千駄ケ谷から赤坂へは畑道もあれば樹間の杣道《そまみち》もある。急ぎ足にはやはり提灯は必要だ。それでもロクジュは幾度かつまずきそうになった。

赤坂の長屋にはイダテンとハシリがいる。

長屋の路地の木戸を乗り越えるなど、どの薬込役にも朝めし前だ。

「なんだって！　俺が一走り行ってくるぜ」

長屋の障子戸を叩いたロクジュから話を聞くなり、ハシリが提灯なしで部屋を飛び出た。ハシリはその名のとおり、イダテンとともに薬込役のなかで走り名人として知られている。ともかく速い。

まだ暗い江戸の町場を提灯なしで走り、ようやく霧生院に着いて冠木門を叩くと、向かいの大盛屋からおかみさんが出てきたのだ。

源六が他出する。それも目黒不動への参詣である。源六が他出するとなれば、私用であっても権門駕籠《けんもんかご》に四枚肩《しまいかた》の陸尺《ろくしゃく》(駕籠舁《か》き)はむろん、供侍《ともざむらい》に腰元など、大

層な準備が必要となる。家老の加納久通《ひさみち》は、大わらわでそれらを整えねばならない。そこを源六は嫌った。そのような準備をされたのでは、せっかくの私的な他出も大名としての日常と変わりがなくなる。かといって無断で屋敷を抜け出したのでは、久通にも隠居の光貞にも迷惑をかけてしまう。もう十六歳であれば、その方面への分別も配慮もある。

そこで一計を案じ、真夜中に起きて久通を起こし、

「――故家光公を偲《しの》び、瀧泉寺を参詣するぞ。きょうだ。それも朝の太陽を背に富士山を拝むため、いまから出立《しゅったつ》する」

告げたのだった。

久通は仰天した。同時に源六の意を解した。このような時分に権門駕籠の行列など組めるはずはなく、供の者は自分を入れて少人数となり、しかも徒歩《かち》で行くことになろうか。

(――それを頼方さまは望んでおいでじゃ)

久通はその準備にかかると同時に、おなじ屋敷内の光貞へはむろん、小泉忠介にも知らせた。

「――そろそろと思うていましたが、とうとう来ましたな」

小泉忠介は返し、すぐさまヤクシをつなぎに走らせたのである。

町場に走ったヤクシはロクジュに事の次第を告げたあと、屋敷の周辺に薬草売りたちの影がないか秘かに目を配ったが、未明に怪しい動きはなかった。

一行が下屋敷を出たのは、神田須田町で一林斎たちが向かいのおかみさんに見送られ、神田の大通りへ出たのとおなじ時分だった。源六は松平頼方として、いくらかきらびやかな羽織・袴《はかま》のいで立ちであり、供には加納久通と小泉忠介、さらに腕の立つ武士が二人、挟箱持《はさみばこもち》の中間二人が随《したが》った。挟箱の中にはむろん、お犬さまを散らす憐み粉が入っている。

ヤクシは中間姿のまま、ロクジュは赤坂から取って返し、いつもの行商人姿で一行につかず離れず、道中潜みの任についた。抜忍の襲撃があるかも知れない。ヤクシが腰に差す中間の木刀は仕込みであり、さらに二人とも憐み粉のほかに貝殻に入れた安楽膏に手裏剣、菱《ひし》の実をふところに忍ばせた。

赤坂では、長屋でイダテンがハシリの帰りを待っている。ハシリは一林斎の下知を持って帰ってくるだろう。どのような下知か、すぐさま小泉忠介に知らせねばならない。上屋敷の氷室章助にも召集をかけることになるかも知れない。

千駄ケ谷から目黒村までは、距離にすれば神田須田町からにくらべ、およそ半分で

ある。ということは、一林斎の一行より少なくとも半刻（およそ一時間）は早く目黒

村へ入ることになる。

だが、源六の目的は遊山であり、風光明媚な景色に日ごろの心の洗濯をするところ

にある。少人数であれば門前町も散策するだろう。その目黒不動の門前町に、佳奈と

留左が楽しみにしている竹ノ子飯に目黒飴が売られている。源六もむろん、それらが

名物であることを知っていよう。

双方はいま、出たばかりの陽光を浴びながら、おなじ場所におなじ目的を持って進

んでいる。

さらに一林斎と冴には、非日常のなかに身を置いてこそ成し得る、重大な決意が秘

められているのだ。

三

ハシリは陽が出たばかりの神田の大通りへ走り出たものの、はたと迷った。およそ

の道は聞いたものの、それは道順というより方角といった程度のものだ。一林斎たち

がどの道順を取るのか、どこが近道なのか、江戸者ではないハシリには見当もつかな

い。いま分かっているのは、佳奈お嬢と源六君が出会うのは、

（一波乱あるぞ。防がねば）

そのことである。

それに赤坂の長屋では、イダテンが一林斎の下知を待っている。

「うーんむむ」

ハシリは人や大八車の出はじめた神田の大通りから脇道にそれ、赤坂への近道を取った。

（ともかくこの事態をイダテンに知らせてから）

そう判断したのだ。


太陽が東の空にかなり高くなっている。

一林斎の一行はすでに街並みを出て田舎道《いなか》に入っていた。白金村《しろかねむら》である。

その田舎道は大八車が一台通れるほどの道幅で、互いに譲り合って脇の草むらにまで入れば、すれ違うこともできそうだ。

田舎道といっても、人通りはけっこうある。いで立ちから見れば、土地の百姓衆ではなく男も女も町者らしく、冴や留左と似た軽い旅装束の者が多い。袴の股立《ももだち》を取

り、さっそうと歩を進めている武士もいる。

いずれもが太陽を背に受け西へ向かっている。ということは、それらはほとんど江戸市中から目黒不動への参詣人であろう。

道は西にゆるい上り坂になっており、それが徐々に勾配を増してくる。そのあたりが上目黒村で、土地に張り付いている百姓家が前方に点々と見える。

「さっきから思ってたんでやすが、こんな時節にこんなところ、物見遊山で歩くなんざ、なんだか申しわけねえなあ」

「そう、わたしも」

留左が周囲をぐるりと見わたして言ったのへ佳奈が応え、

「そう、その心が大切なのですよ。だからご飯を食べるとき、お米の一粒もおろそかにしてはいけません」

冴もまわりを見わたし、歩を進めながらその風景に軽く一礼した。

まだゆるやかな勾配のなかに、水田が広がっている。多くは水を張ったばかりか水面が陽光を照り返しているが、七、八人の早乙女《さおとめ》たちが並んで苗を植え付けているのが見える。冴が軽く一礼したのは、その一群に対してだった。

「へえ」

と、留左も軽く会釈し、佳奈も一林斎もそれに倣《なら》った。

早乙女たちはそれに気づくことなく、ただ黙々と苗を植え付けている。人ひとりが通れるほどの畦道《あぜみち》から、数人の男が苗の束を早乙女たちの数間先にうまく投げ込み、その水音が留左たちにも聞こえる。すぐ横では若い母親が座り込み、体で日陰をつくって赤ん坊に乳をふくませ、その近くでも佳奈とおなじくらいの女の子が子守りをしている。

早朝に参詣した帰りか、上目黒村のほうから権門駕籠が坂道を下ってくる。駕籠の前後に武士が立ち、腰元が四人ほどしずしずと随っている。女乗物のようだ。

さきほど田植えの百姓衆に軽く頭《こうべ》を垂れた留左が前方に目をやり、

「ちっ。なんでえ、ありゃあ」

舌打ちした。

駕籠は道一杯に進み、すれ違う町人は畦道にまで下がり、あるいは水田のなかに足を浸け、駕籠に道を空けている。武士も腰元たちもそれら町人に見向きすることなく、悠然と歩を進めている。

「留、逆らうな」

一林斎は留左に低声をかぶせ、

「カカさま、こっちへ」

佳奈が目ざとく草むらの広がった箇所を見つけ、一同はそこへ避けた。

女乗物の一行は通り過ぎた。いずれの姫か奥方か知れないが、

「ちっ。ここは神田の大通りじゃねえぜ」

また留左は舌打ちし、駕籠の一行を睨《にら》みつけた。このような道に権門駕籠とは、往来人にも百姓衆にもまったく迷惑な存在でしかない。

往還に戻った。

「お百姓さんの大八車、通っていなくってよかったあ」

「まったくでえ」

佳奈が言ったのへ留左は相槌を入れた。もしすれ違ったなら、大八車は水田の中に片方の車輪を落とさねばならないだろう。

一林斎と冴は顔を見合わせ、うなずきを交わした。

（源六なら、こんなところへ権門駕籠を入れたりしないだろう）

（そう。それが源六君なのです）

二人の目は語り合ったのだ。

その源六がすこし前、この道を少人数の徒歩《かち》で通っている。

一行の足はいくらか急な坂にかかった。両脇にぽつりぽつりと百姓家が建ちはじめた。上目黒村である。水田が畑に変わっている。まばらに木立もある。

その畑の畦道に、野良着で立ったり座ったりしている、頬かぶりの男がいた。木立のすぐそばだ。往還に背を向けているが、ときおりふり返っている。作物の出来具合をみているのだろうか、別段変わった光景ではない。

だが一林斎は、

（ん？）

その男のようすに注目した。同時に冴も気づいたか、かすかに一林斎へうなずきを示した。

留左は坂道を見上げ、

「さあ、お嬢。話に聞いておりやすぜ。この坂を上り切ったら絶景が待ってるってよ」

「うん。知っている。あと一息」

返した佳奈も疲れをふり払うように前面に視線を向け、勢いよく歩を踏んだ。

さすがは薬込役のなかでも、一、二を争う健脚の二人だった。

赤坂の長屋でイダテンは、ハシリが息せき切って戻って来たのに驚き、さらに一林斎たちが目黒不動へ向かったことに仰天し、

「――よし!」

ハシリにもうながし田植えの野良着姿に扮《こしら》え、長屋の路地を飛び出た。

「――間に合うか」

「――大丈夫だ。急ぐぞ」

ハシリが走りながら訊いたのへイダテンは返した。

イダテンには余裕があった。近辺の地理に明るい。赤坂から西に延びる大山道《おおやまどう》を走れば上目黒村は近い。いま、そこを走っている。神田からでも、江戸城外濠《そとぼり》の往還に沿って赤坂に向かい大山道に入るのが、上目黒村への近道となる。

(――佳奈お嬢が一緒なら、組頭は東海道を北へ進み、赤坂を大きく迂回するはず)

推し量った。一林斎も冴も、佳奈を赤坂に近づけることは、これまでも絶対になかった。赤坂の町場に出れば、紀州藩士と出会う公算が高い。藩士のなかには、国おもてで由利の顔を見知っている者がいないとはいえない。光貞が内藤新宿で佳奈を一目見るなりハッとし、

(わが娘!)

勘づいたのだ。

十四歳になった佳奈の美貌は、あまりにも死んだ由利に似ている。その佳奈の存在を〝敵〟に知られてはならないのも、江戸潜みの暗黙の役務となっているのだ。

イダテンの推量は正しかった。一林斎と冴は、神田の大通りを日本橋に向かったのである。

その道順を経てくれれば、一林斎の一行より先に上目黒村に入ることは、イダテンとハシリの足なら充分に可能だった。

上目黒村の坂道を進む一林斎の一行に、背を向けながらも気を引くように立ったり座ったりしていた野良着の男……ハシリだった。

「あぁ、お前たち。先に行っていてくれ。儂《わし》な、ちょいと」

「あらぁ、トトさまったら」

一林斎が不意に言ったのへ、佳奈が笑いながら返した。

旅や遠出の道中で、畑道や樹間でちょいと脇に入り、用を足すのはきわめて自然な行為である。さきほど留左もちょいと脇にそれたばかりだ。

「あはは、先生。どうぞ、どうぞ」

「さあ。留さんも佳奈も、しっかり前を向いて」

留左は言い、冴が先を急かすように言った。

一林斎は畦道へ小走りになり、

「どうした、ハシリ。いったい？」

ハシリと一林斎は木陰に入った。

「どうしたじゃありやせんぜ、組頭……」

ハシリは手短に、ロクジュがきょう未明に赤坂の長屋へ飛び込んできた用件から、自分たちが上目黒村へ先まわりした経緯《いきさつ》を話した。

「なんと！」

一林斎は絶句した。いま源六が近くに来ている。

「して、イダテンはっ」

「一行に佳奈お嬢たちがここへ向かっていることを知らせに走りました。小泉どのが警護についてるはずですから」

「よし、分かった。おまえはわれらの背後に潜み、向後の事態の変化には臨機に対処せよ」

「はっ」

一林斎はきびすを返し、佳奈たちを追った。

〝敵〟と対峙《たいじ》したとき以上の緊張感に一林斎は包まれている。

「おーい」

すでにかなり前方であった。

「トトさま、早うぅ」

佳奈がふり返り、冴と留左も足をとめ、一林斎を待った。

坂道はすでに上目黒村の集落を抜けて勾配を増し、両脇は樹林群で杣道《そまみち》のようになっている。大店《おおだな》のあるじかご新造か、小僧を随えた町駕籠が上って行った。鍬《くわ》を担いだお百姓とすれ違った。この樹林群を抜ければ富士山を遠くに置いた絶景が広がる。一林斎も冴も、ここに来るのは初めてだ。

追いついた。

冴は事情を知りたい素振りだったが、その機会はない。それよりも、絶景が目前にある。その場は、まるで天に昇って地上を見下ろすような雰囲気があると、見た者は伝えている。

そこに身を置き、一林斎と冴は、佳奈と留左に重大な話をする算段だった。非日常の、しかも陽光の降りそそぐ雰囲気のなかに話せば、受けとめる者の気分も違ってこよう。一林斎と冴にとって、向後を思えば、

（それを薄暗い行灯の灯りのなかに）

話すべきではないのだ。そのようななかで話せば、すべてが薄暗く、うしろめたいものとなってしまう。

しかしいま、その算段が吹き飛んでしまうかも知れない事態が発生しているのだ。

四

野良着姿のイダテンは坂を上り切っていた。

樹林群が途切れ、不意に視界が開ける。その手前で、

「おぉう」

呼びとめられた。小泉忠介の指示で道中潜みをしていた、行商人姿のロクジュだった。

「おっ」

野良着のイダテンは足をとめ、ロクジュに気づくなり素早く樹間に駈け込んだ。中間姿のヤクシもそこにいた。

互いに状況を話す。

「なんともまた！」

「かようなことに！」

一林斎と冴が佳奈を連れ、さらに遊び人の留左も同行しそこまで来ていることを、ロクジュとヤクシは初めて知り、絶句した。驚きはイダテンもおなじだった。

「下屋敷からのご一行は、まだ峠《とうげ》の茶店においでじゃ」

中間姿のヤクシが言ったのだ。

互いに驚いている場合ではない。ロクジュとヤクシが小泉忠介の指示で頼方（源六）一行の道中潜みに就いたのは、抜忍かそれともマタギの襲撃を警戒してのことだ。だがここに、当面の役務を急遽《きゅうきょ》変えざるを得ないことを覚った。

（双方を会わせてはならない）

それも、頼方（源六）にも佳奈にも気づかれないようにである。すでに一林斎へ事態の伝わっているのが、せめてものさいわいだった。

「よし。他人さまに迷惑をかけることになるが」

「うーん。この際だ」

猶予はない。三人の鳩首《きゅうしゅ》はすぐに策を決した。

ヤクシが樹間の中を坂上へと急いだ。往還に出れば、佳奈や留左たちの目に入るからだ。それほど一林斎と佳奈たちの一行は近づいている。

ロクジュとイダテンは、往還にできるだけ近い灌木のなかに身を進め、構えた。

「留、佳奈。急《せ》くな急くな。もうすこしゆっくり上れ」

「へへ、先生。お歳でござんすねえ」

一林斎が言ったのへ、留左がふり返った。

一林斎は、一歩でも時間を稼ごうとしている。

冴には、

「源六が来ておる」

ちらと耳打ちした。それだけで冴は事態を解した。刹那《せつな》、思ったものである。わらわ頭の源六が行くところには佳奈もいて、佳奈がはしゃいでいるときには源六もそばで飛び跳ねていた。

(やはり二人の血はつながっている)

だが、感傷に浸っているときではない。

「さあさあ、佳奈も。峠のお休み処は逃げたりしませんから」

「カカさま、早う」

冴が言ったのへ、佳奈はふり返った。

上り切れば、もちろん往還からも絶景が見渡せる。だが、そこにある茶店の庭は最上の場と江戸市中にも聞こえている。いま四人はその茶店を目指している。

ヤクシは中間姿が役に立った。

源六たちはこの峠の最上の場で、かつ最も見晴らしの利く縁台を二台借り切り、

「うーむ、この景色。飽きないなあ」

「まったく、まったく」

と、さきほどから時間を忘れ、眼前はるかに展開する景色に見とれていた。

そこへ樹間を飛び出た中間姿のヤクシが駈け込み、

「挟箱の交替要員に参じましてございます」

片膝を地につき、ふところを手で叩いた。

「おぉ、あれを持ってきたか。まだ出ておらんが」

応えたのは加納久通だった。中間のヤクシがお犬さま対策の憐み粉を調合し撒き方にも長《た》けていることは、屋敷の者なら誰しもが知っている。そのヤクシが不意にきょうの遊山一行を追いかけて来て加わったのも、光貞公の配慮かと一同には納得できた。源六もうなずいていた。

だが、小泉忠介は違った。憐み粉ならすでに用意している。それなのに道中潜みを命じたヤクシが、憐み粉を口実に姿を現わした。尋常ではない。

（異変）

察知し、

「ほう、それはご苦労。わしも一袋、持つことにしようか」

縁台から立ち、ヤクシの前に進み出て腰をかがめた。抜忍かマタギの姿を確認し、報告に来たと思ったのだ。

ヤクシはふところの憐み粉を渡しながら低く、

「組頭とお嬢らがすぐそこに」

「うっ」

思いもよらぬことだ。だが、周囲の目のあるなかで驚いてはならない。

「相分かった」

さりげなく縁台に戻ると、

「頼方さま、加納どの。そろそろ参りましょうか」

加納久通に目配せし、一行をうながした。

目配せが効いたか、加納久通もなにやら〝異変〟を察知したか、

「さあ、頼方さま」

源六をうながした。

「おぉう。これは楽じゃ、楽じゃ」

一林斎の声が、樹間に潜むロクジュとイダテンにも聞こえる。留左が一林斎の腰を背後から押し、佳奈は冴の腰を押している。一行は樹間に潜んだ二人のすぐ目の前だ。数人の往来人をやり過ごし、

「あれを」

「うむ」

ロクジュとイダテンはうなずきを交わした。

坂上から、町駕籠が用心深くゆっくりと下りて来たのだ。うしろに付き添いか小僧が随っている。下り坂では、走るのはかえって危ない。二人にとっては格好の標的である。しかもさいわいなことに一林斎たちとすれ違うのに、駕籠は二人の潜んでいるすぐ前を通り、佳奈や留左からはまったく遮断された。

（駕籠屋、すまねえっ）

（組頭、あとをよろしゅう！）

二人は念じ、後棒《あとぼう》と小僧の足元に投げた。菱の実を五、六個同時に、撒《ま》き菱《びし》である。これに安楽膏を塗れば、踏んだ者を殺すこともできる。もちろん、いまは塗っていない。

「痛《いて》てっ」

後棒が不意に脛《すね》を曲げ、駕籠尻《かごじり》が地を打った。

「おぉーっ」

駕籠から客がころがり出た。

「どうしたっ」

前棒《まえぼう》が担ぎ棒をはずし、ふり返った。

うしろで小僧が、

「痛えーっ」

「飛び上がった。

後棒を狙ったのは、前棒なら駕籠がひっくり返り、客が激しく放り出されてケガをするかも知れないからだ。

一林斎たちのすぐ横である。

「どうした！」

一林斎と冴は駈け寄った。菱の実が地面に散らばっているのを見て、

（やりおったか）

覚った。すでにロクジュもイダテンもその場にはいない。

冴も気づいた。

「どれ、見せてみなされ。儂は医者だ」

言わずとも笠の下にすこし見える茶筅髷やいで立ちから分かる。

「足、足の裏がーっ」

後棒は尻餅をつき、草鞋の紐をほどいた。

「おぉ？　先生。菱の実が落ちていやすぜ」

「ほう。それが刺さったか。誰か落としていったのだろう。留、拾い集めろ。往来の人に危ないから」

「へいっ」

「わたしも」

留左と佳奈は菱の実を拾いはじめた。

「くそーっ、誰が落としていきやがった」

後棒はうめいている。

一林斎はしゃがみ込み、

「おっ。これはいかん。かなり深く刺さっているぞ」

草鞋の上からとはいえ、駕籠を担いだ重さで踏んだのだ。血が滲《にじ》んでいた。放っておいて化膿しては、駕籠舁きはしばらく稼ぎができなくなる。

小僧のほうはチクリと刺した程度で軽傷だった。

「留、水筒を」

「へい」

一林斎と冴の手際はよかった。

一林斎はその場で患部を水洗いし、冴は、

「佳奈っ、一薬草《いちやくそう》を！　ここならあるはずっ」

「はいっ」

「あっしも」

佳奈は樹間に飛び込み、留左もつづいた。

樹林群の湿った木陰に自生する常緑草で、夏場に入ったころには六、七寸（およそ二十糎《センチ》）ほどに伸び、白い梅に似た花が鈴蘭《すずらん》のように連なって咲くので見つけやすい。いまがその時期である。生葉のしぼり汁が血止めと消毒に効果があり、すり傷や犬、百足《むかで》などに咬《か》まれたときなどの即効薬となる。だから一薬草といわれている。すぐに見つかった。

駕籠を道の脇に寄せ、手当てが始まり、冴が手拭を裂いて包帯にした。

駕籠舁きも小僧も痛みは薄らいだようだ。客も落ちていた菱の実が原因なら、怒るわけにもいかない。逆に、

「ちょうどいいところに医者がいてくれたものじゃ」

「まことに、へい。ありがとうごぜえやす」

駕籠舁きは前棒も後棒もしきりに礼を言う。

「さあ、お代はいらぬゆえ」

一林斎は余った一薬草の葉を駕籠舁きに渡し、

「さあ。行こうか」

「へいっ」

留左が勢いよく返した。

ふたたびあと少しの坂道に歩を進めながら、

「へへん。いいことをしたあとは、気分のいいものでやすねえ」

留左は疲れも吹き飛んだように上機嫌だった。佳奈よりも早く一薬草を見つけたの

が、嬉しくてたまらないようだ。

「でも、ありそうな場所に見当をつけたのはわたしよ」

佳奈も負けていなかった。

駕籠舁きは空の駕籠を担ぎ、客は小僧と一緒に歩いて坂を下って行ったようだ。

(イダテンたちめ、味なことをする)

一林斎は思いながら、あの駕籠舁きと客には、

(申しわけないことをした)

冴とともに念じていた。

手当てをしながら一薬草の効能から、自生していそうな場所、季節などを詳しく説明し、駕籠舁きはむろん大店のあるじと小僧も熱心に聞いていた。おそらくその知識は、向後のかれらの財産となることだろう。一林斎の、せめてもの置き土産《みやげ》である。

五

「おおぉぉぉ」

「うわーっ」

留左と佳奈が笠をとり同時に歓声を上げ、

「これは、これは」

と、一林斎も笠の前を上げて声に出し、冴は無言のまま目を瞠《みは》った。坂の上に、四人は立ったのだ。留左と佳奈の声はかなり大きかったのに、周囲の者は誰もふり向かない。ここでは歓声が日常のようだ。しかし、目の前に展開する風景は日常ではない。

上目黒村からの坂道を上り切るなり、西方向の視界のすべてに武蔵野が広がっている。平原のかなたに悠然と青く波打つ山々に、ひときわ高く目を引くのが富士山だ。陽光を受け、周囲の山々と広い大地を従えているように見える。

視線を近くに戻せば、足元から急な坂道が右に左にうねりながら下へ延びているのが途切れ途切れに見える。行人坂《ぎょうにんざか》だ。上目黒村の往還もくねっていたが、行人坂ほどではなかった。そこからも峠の東面はゆるやかだが、西面はきわめて急なことが感じられる。

往還は行人坂を下り切ると、そのまま平原に一筋の線を描きながら西へと延びている。川が流れている。品川方面に流れる目黒川だ。この川の恩恵か、さきほどの上目黒村より豊かな水田が一面に広がり、百姓衆の動いているのが見える。

目黒川に橋がかかり、そこを渡れば百姓家が点々と建ちはじめ、やがて集落といえるほどに集まっている。下目黒村だ。

「わっ、あの橋。おもしろそう」

「おっ。ほんとだ」

佳奈の声に留左もつづけた。石の橋で、これもこの光景の名物となっている太鼓橋《たいこ》だ。ものの本に、

──柱を用いず両岸より石を畳《たた》み出して橋とす。故《ゆえ》に横面より是《これ》を望めば太鼓の胴にさも似たり
と、ある。

「あれを渡るのね」

佳奈が期待を込めた口調で言った。

橋の向こうの下目黒村の中ほどに、芝の増上寺にも匹敵しそうなお寺が、広い地所を占めているのが見える。それが泰叡山瀧泉寺だ。境内に堂宇が建ち並び、ひときわ大きいのが家光将軍の寄進した不動堂であろう。

「さあ、佳奈。留も、ここで一休みしていくぞ」

一林斎がようやく佳奈と留左をうながした。

「あらーっ。こんなところに茶店が」

その風情にまた佳奈が声を上げた。

大人の背ほどもある竹垣に囲まれた茶店で、門柱に掛行灯《かけあんどん》が掛かり〝富士見《ふじみ》茶亭〟と記した墨文字が浮かんでいる。

「あそこで休んでいくのですね」

「おっ、こいつはいいや」

佳奈が言ったのへ留左がつづけた。

「ふーっ」

一林斎はあらためて安堵の息を洩らした。さきほど門の中をちらと見たが、武士と中間の一行は見当たらなかった。撒き菱騒ぎのあいだに、一行は茶亭を出て行人坂を下って行ったのだ。とっさに見せた、薬込役たちの連携であった。

「おぉ！」

門を入り、一林斎は声を上げた。峠の上にしては広くとった平らな庭に、五、六人が一度に座れるほど幅広の縁台が五、六台も置かれ、竹垣は往還に面した側だけで、茶亭の庭からは何の遮蔽物《しゃへい》もなく近景も遠景も展望できる。なるほど富士見茶亭とはよく名づけたものである。

一番見晴らしのいい縁台が空いていた。

「ここっ」

と、佳奈が走り寄った。さきほどまで源六の一行が座っていた縁台である。縁台のすぐ先は、

「うへーっ。こりゃあ見晴らしがいいはずですわい」

のぞき込んだ留左が思わず声を上げたように、断崖のようになって樹木が生い茂っている。

「ちょうどようございました。さきほどまでお武家さまのご一行がそこに長く座っておられて、いま空いたところでございます」

と、かなり年増の茶汲み女がお茶を運んできた。

「どんなお侍でした？」

佳奈が訊いたのへ、一林斎と冴はどきりとした。

「凜々《りり》しい若さまを擁した、すごく謙虚で立派なお侍さま方でしたよ。お中間さんたちも、おとなしいかたたちばかりで」

茶汲み女は訊かれたのが嬉しいように応えた。

「まあ。そういうお武家さまも、いらっしゃいますよねえ」

佳奈は念を押すように返した。どうやら佳奈の問いかけは、さきほど広くはない往還で譲り合いの仕草を微塵も見せず、横柄に通り過ぎた権門駕籠が念頭にあったからのようだ。佳奈が〝そういうお武家さま〟と言ったのは、吉良上野介《きらこうずけのすけ》と浅野家の片《かた》岡源五右衛門《おかげんごえもん》や礒貝十郎左衛門《いそがいじゅうろうざえもん》たちのことを指しているのを、一林斎も冴も察した。あるいは、徳田光友こと光貞であったのかも知れない。ただ、茶汲み女の言った〝凜々しい若さま〟が源六であることに、一林斎と冴は思わず顔を見合わせ、かすかにうなずきを交わした。

そのうなずきが何であるのか、〝凜々しい若さま〟に佳奈が源六を連想しなかったことへか、源六との再会の場になるのを免れたことへか、それとも、

（ここで）

との意志を確認し合ったのか……そのいずれもであろう。

「へへ、団子より煎餅《せんべい》にしやしょう」

まっさきに注文したのは留左だった。腹が張る団子より、軽く食べられる煎餅にしたのは、このあと待っている竹ノ子飯を意識してのことであろう。佳奈たちもそれに従った。

他の縁台にも人が座っている。商家の家族連れか、佳奈よりすこし小さいくらいの

わらわ頭の男の子が断崖の下をのぞき込もうとしたのを、

「危ない！」

冴が言って縁台から腰を浮かせかけたところへ、

「これこれ、そんなところへ！　ありがとうございます」

母親であろう。走って来るなり冴にも礼を言い、男の子の肩をつかんで縁台のほうへ引いて行った。冴たちの隣の縁台で、それぞれのあいだをゆったりと空けた配置なので、落ち着いて茶を飲み景色を眺めることができる。

煎餅をかじる音が小気味よく聞こえてきた。一林斎と冴は佳奈をはさむように、景色に向かって縁台に腰かけ、留左は上がり込んで足を胡坐《あぐら》に組んでいる。

「うほー、たまんねえや。この雄大なのを見ながらたあ」

留左は上機嫌だ。

「あらら。あれかしら。さっきここの人が言っていたお侍さまのご一行とは」

佳奈が目を凝らした。峠のふもとから水田のなかに延びる道に、かなりの人がぞろ歩いている。町駕籠もゆっくりとしている。他人にぶつからないようにとの配慮だろう。武士の一行は、平面の風景にひときわ目立つ太鼓橋に差しかかろうとしている。数人の武士が一列に歩を取り、うしろに挟箱の中間が三人ほど、これも一列に随っている。

一林斎も冴も安堵している。広い景色の中に人が動いているが、小さく男か女か、武士か町人かの見分けがつく程度である。遠目の利く者でも、顔までは確認できないだろう。その一群こそ、源六に小泉忠介、加納久通らであり、随っている中間の一人はヤクシなのだ。

「ほんに、お行儀がいいお武家さんたちですねえ」

「そう。そういう感じ」

冴が言ったのへ佳奈が相槌を打つようにつづけ、さらに冴は、

「ねえ、おまえさま」

一林斎に催促した。

「まったくでえ。あんな侍《さむれえ》たちだったら、さっきすれ違った駕籠のご一行さんとは違い、どこで出合っても邪魔にはならねえや」

「そうですねえ。おまえさま」

留左が応えたのへ、ふたたび冴はうながした。

意を決したか、

「うぉほん」

一林斎は咳払いをし、

「なあ、佳奈。それに留よ」

「ん?」

「なんですかい」

あらたまった言いように、佳奈も留左も怪訝そうに返した。冴は緊張の色を懸命に隠し、凝《じ》っとこのあとのやりとりを心配するように聞き耳を立てている。

「以前からだが、おまえたち。霧生院によく来る印判の伊太さんや、ハシリにロクジュにヤクシといったお人らなあ」

「あっ、あいつら。霧生院の患者でやしょう。伊太公など赤坂なんぞに住んでいて、みょうな患者じゃねえですかい。遠くから来てくれるのはありがたいがね」

「そう、みょうです。伊太さんなんか、肩も腰も凝っていないのに、凝った、凝ったなどと」

やはり留左も奇妙に感じていたようだ。佳奈はそれをさらに具体的に言った。

「そのことだがなあ」

縁台にはこの場にはそぐわない緊張の空気がながれた。

瞬時、一林斎はこの話を切り出したことに、

（言うべきではなかったか）

ためらいの表情になった。

「おまえさま」

冴がまたうながした。

「ふむ」

もう、あとには引けない。一林斎はうなずき、

「あの人たちなあ、実は町人ではなく、武士なのだ」

「えええ！　冗談はよしてくだせえ。あの伊太公も、あっしゃあ幾度か遣いに行きやしたが、長屋住まいで確かに印判を彫っていやしたぜ。あ、そうか。つまり、手先の器用な浪人さん」

「いえ。みんな、小泉忠介さまのようなお武家かもしれません。それも、ちょっと変わった……。どういうことなんですか、カカさま」

と、佳奈は真剣な顔を冴に向けた。

冴は視線を前方の風景に向けたまま、

「そうなのです。一風変わったお侍たちなのです。佳奈、覚えているでしょう。霧生院が和歌山のご城下にあったころ」

隣の縁台から、さきほどの男の子のはしゃぐ声が聞こえてきた。

一林斎たちは、まわりの縁台には聞こえないほどの声で話している。それでなくても、他の客たちは景色に見とれ、隣の縁台に聞き耳を立てたりする風情などまったくない。一林斎はそれを見越して、密室ではないこの青空の茶店を選んだのだ。

冴はつづけた。

「薬種屋で、お城のご用も受けていたのです。紀州徳川家の」

「えぇえ！　霧生院て、そんなすげえ家だったのですかい」

留左が目を丸くした。

佳奈は思い出したように、

「あっ、源六の兄《あに》さん家《ち》も、行ったことないけど、お武家で中間さんがいつも一緒に来ていました」

「そう。お城の薬草に関わる家でした。それでねえ、お城のご用でトトさまが……」

「さよう。江戸に出て、紀州徳川家のお侍衆の世話をしてくれぬかと……」

「あぁ、そういえば、品川宿まで小泉忠介さまが迎えに来ておいでじゃった。それなら、ご隠居の徳田さまも、紀州徳川家の……」

「そうじゃ。藩の偉いお方じゃ」

留左はぽかんとした表情になっていたが、佳奈にはすべて辻褄《つじつま》が合う。だが、分からない。目を一林斎に向けた。

「どうして伊太さんは、凝ってもいない肩を凝った凝ったなどと。それに、いつものあのいで立ちは……？　お武家の風体ではありませぬ」

「それはなあ、佳奈。世に隠れるための方便なのだ。だが、医術に関しての方便は、おまえには通じなかったようだな」

「あの程度で、方便ですか」

「療治部屋の人にはな、効果ある方便となろう」

「療治部屋の人には？」

「さよう。療治部屋の人ら、すなわち世間ということだ」

「分かりませぬ、トトさま。人を騙《だま》してまで、いったい何のためなんですか」

佳奈は視線を前面に広がる風景に向け、きつい口調になった。

「そこだ、佳奈。留左もよく聞け」

「へえ」

留左は縁台に胡坐居に座ったまま、斜めうしろから一林斎を見つめている。

「あの者たちは、藩の者が不正をせぬか、他藩の者が紀州藩に害を及ぼさぬか、秘かに見張るのが役務なのだ。それで藩の江戸屋敷にも周囲にも、存在を隠しておる。知っておるのは、殿さまと国おもてのご家老のみでなあ」

「あっ、分かった。どの藩にも横目付《よこめつけ》とかいう、藩の家来衆への監視役がいると聞きやす。それなんですかい!」

留左が背後から口を入れた。

一林斎はふり返り、

「留、なかなかいい勘しておるぞ」

「へえ」

「その横目付よりも、もっと秘密を帯びた、身分も隠しての役務でのう」

言いながら一林斎は視線を前面の景色に戻し、

「大きな藩になればなるほど、ややこしい事がいろいろあるそうでなあ」

一林斎は大きく息を吸い、この縁台の一角だけが周囲と違い、初夏というのに凍りついた雰囲気になっている。

「あれ、お侍のご一行。太鼓橋を渡っておいでじゃ」

不意に佳奈が言った。太鼓橋に人の動きが見える。手すりも石か、手をかけ川面をのぞき込んでいるのは源六のようだ。

「そう、見ておいでですねえ」

緊張をほぐすように言った冴に、

「カカさまもそのこと、ご存じだったのですか」

佳奈は眼下《がんか》はるかの太鼓橋から視線をはずし、冴の横顔に向けた。冴は無言でうなずいた。

「そういうことでなあ」

一林斎が応えた。

「儂は、和歌山城下でご城代さまから秘かに頼まれたのだ。江戸藩邸の者に分からぬように、町なかでその者らの連絡場所になって、世話だけでのうて、元締をやってくれぬか、と。霧生院家も、先祖が侍だったゆえなあ」

「そうなんですよ、佳奈に留さん。いままで黙っていたのは、佳奈がまだ子供だったから……。でも、もう佳奈は大人ですからねえ。隠し事はできません」

「…………」

佳奈はしばし無言となり、

「お侍？」

ぽつりと言い、その視線は、太鼓橋を渡った武士の一行に向けられていた。無意識のなかに、混乱する気を紛《まぎ》らわせるのに、なにか見つめる一点が必要だったのかも知れない。その見つめる一点が、佳奈の気づかないまま、源六たちの一行になっている。

「すげえ！　すげえや。そんな密命を帯びたところだったんでやすねえ、霧生院の療治処たあ。それに、以前《もと》がお武家たあ！」

留左は腰を浮かせ、顔を一林斎と佳奈のあいだに出してきて、

「つまり、なんでやしょ。このこと、一切他言無用と。いままでどおりにふるまえ、と。ね、佳奈お嬢も」

首を一林斎と佳奈へ交互に向けた。思いも寄らず驚天動地の秘密を明かされたことに、留左は興奮気味になっている。

佳奈はかすかにうなずきを見せた。

「さあ、儂らも行こうか。あの太鼓橋を渡るぞ」

「へえ。渡りやしょう」

「あらあら。太鼓橋のお侍さんたち、どれがどれか分からなくなってしまった」

また佳奈が言った。

源六の一行は人の動きのなかに紛れ込んでしまい、見分けがつかなくなってしまっ

た。村といっても太鼓橋の先は目黒不動の門前町であり、けっこう人が出ている。縁日には行人坂から、人がつらなると言われているほどだ。

六

「うひょっほほーっ」

留左は奇声を上げた。行人坂は急だ。用心して歩を踏まないと、走りだしてころがりそうになる。

そのような坂には歩を踏むだけで、気は足元に集中し、なにもかも余計なことは忘れてしまう。

「わっ。カカさま！　気をつけて！」

佳奈も急坂を楽しんでいる。

太鼓橋では、

「あらーっ、こんなんだったんだ」

石の橋を珍しがり、太鼓の胴のような丸みを帯びた橋に反動をつけて駈け上り、

「さあ、カカさま。この杖につかまって」

と、冴を引っぱり上げた。

果たして白日の下に、さらに留左も一緒だったことが、功を奏したようだ。佳奈には衝撃だったに違いない。だが、胡散臭《うさんくさ》い、暗く秘密めいた印象を佳奈にも留左にも与えることはなかった。

佳奈と留左が太鼓橋に夢中になり、そこに冴も加わったとき、まだ橋の手前にいた一林斎のそばへ、頬かぶりに笠をかぶった野良着の男が立った。印判の伊太、イダテンだった。そっと言った。

「ヤクシから。頼方さまは寺の庫裡《くり》に上がられ、しばらくは出て来られないもよう」

「うむ」

一林斎がうなずいたとき、すでにイダテンの姿はなかった。

ハシリは下目黒村から一林斎たちの後方につき、撒き菱のときも富士見茶亭のときもさらにいまも、周囲に抜忍やマタギの姿がないか気を配っている。

一林斎の一行が百姓地を過ぎて門前町に入り、〝竹ノ子めし〟と記した幟《のぼり》を立てている店の暖簾をくぐったとき、一林斎は野良着姿のハシリをちらと見た。落ち着いたようすだった。

(怪しげな影はないようだな)

一林斎は確信した。

一行は部屋に通された。

「お客さん、運がいいですよ。竹ノ子飯、きょうが最後なんでございますよ」

「うひょーっ」

お運びさんに言われ、留左は歓声を上げた。すでに竹ノ子の旬《しゅん》が終わる春の節気は過ぎており、富士見茶亭で煎餅をかじっているときから、一同はそのことが心配だったのだ。

運ばれてきた。竹ノ子の香ばしい香りが部屋にただよう。

箸をつける前に留左が、

「さきほどのこと、他言はしやせん」

ぽつりとつぶやくように言い、

「うひょーっ。この匂い、たまんねえ」

大きく口を開けた。

(この男、儂の目に狂いはなかった)

一林斎は確信した。八年前、江戸に出てきて神田須田町に霧生院なる鍼灸・産婆の療治処を開き、留左が第一号の患者になって以来のつき合いである。

竹ノ子飯の店をあとにし、目黒飴《あめ》の店先に立ったときだった。

店先に台をならべ、ばら売りや袋売りの飴を売っている大振りな店だ。台の前に立てば、奥のほうで職人たちの立ち動いているのが見える。餅《もち》のような白い飴を練っては伸ばし、伸ばしてはまた練り、しだいに棒状のかたちをつくり、かたわらの平台の上に幾本もならべ、それをまた別の職人が包丁で小粒にトントンと音を立てて切っている。姐さんかぶりにたすき掛けの女が、

「はいな、いただき」

職人に声をかけ、袋につめおもての台に運んでいる。

佳奈たちのほかにも町場から連れ立って来たか、四、五人の着物の裾をたくし上げた子供連れの女衆が、職人たちの鮮やかな手さばきを見つめている。子供たちはすでに袋を手にしている。

冴の横に立ち、視線を奥から店先の台に戻した佳奈がぽつりと、

「お不動さんに参詣のあと、きょうのお土産はこれにしまする。あとはすべて心の中に」

「佳奈」

冴は小さくうなずいた。

佳奈の背後に立って奥を見ていた一林斎も、肩に手をかけ無言でうなずいた。

十四歳とはいえ、もはや〝療治処の佳奈ちゃん〟ではなく、〝霧生院佳奈〟と呼ぶのにふさわしい姿だった。

瀧泉寺の境内に入り、目黒不動への参詣のときも門前町のそぞろ歩きのときも、イダテンの言ったとおり、源六の一行と鉢合わせになることはなかった。庫裡でお寺からのもてなしを受けているのであろう。もっとも源六は、そのようなことは望んでいまい。

お不動参りを満喫し、一行が神田須田町に戻ったのは、ちょうど陽の落ちるころであった。

「へへーん、きょうは楽しゅうござんしたぜ」

留左は冠木門の前で別れ、すぐ近くの長屋に戻った。口だけではない。疲れた表情のなかに、満足の色を刷《は》いていた。

佳奈は疲れも見せず、

「わたし、大盛屋のおばさんにこれ、わたしてきます」

土産に買った袋詰めの目黒飴を手に、ちょうど書き入れ時に入っている大盛屋の暖簾に駆け込んだ。

一林斎と冴は冠木門を入った。

「ふーっ。助かった」

「はい。それに、実り多いものに」

源六の一行と出会わなかったことと、霧生院の立ち位置をなんとかうまく話し終えたことである。

源六もお忍びではなかったものの、久しぶりの公務以外の外出で、瀧泉寺の庫裡以外では気晴らしができたことであろう。

しかも源六の目黒不動詣《もう》では、江戸潜みの薬込役たちに思わぬ副産物をもたらすものとなった。

四　迎撃

一

佳奈と留左に因果を含めた翌日、さっそくその効果があった。

〝薬込役〟の組織こそ明かさなかったが、霧生院がなにやら紀州藩の横目付もどきの〝元締〟になっていることを話したのだ。

その最初の朝、

「あらあ、トトさまもカカさまも早い。わたし、つい寝過ごしてしまうところでした」

と、いつもと変わらない表情で、手拭と手桶を持って裏庭の井戸端に出てきた佳奈に、起きたばかりの一林斎と冴はホッと安堵したものだった。

そのまま、いつもと変わりなく療治処の時間はながれ、午《ひる》にはまだ間のある時分だった。

「先生よーっ、痛えーっ。診てくだせえーっ」

体を〝く〟の字に曲げ、さも苦しそうに腹を押さえて霧生院の冠木門を入って来た男がいた。職人姿だ。

療治部屋では肩を傷《いた》めた大工の鍼療治をしており、待合部屋には足のむくみを訴える爺さんに腰痛の婆さんが、お茶を飲みながら順番を待っている。

男は待合部屋ではなく、療治部屋のほうの縁側に近づいてきた。

療治部屋も明かり取りの障子は開け放しており、衝立《ついたて》の内側で冴が薬湯を調合し、佳奈は薬研を挽きながら、鍼を打っている一林斎の指先を横目でちらちら見ている。

ここで患者の大工が冗談にでも、

『お嬢、どうだね。薬湯や灸だけじゃなく、鍼の腕は』

などと言おうものなら、

『はい、はいはい。これ、このとおり』

佳奈は一林斎を押しのけてでも患者の背後にまわり、

『えぇ、お嬢！　ほんとうにかい』

と、部屋に緊張が走ることになろうか。

実際に佳奈は一林斎の手許を見ながら、

『トトさま、わたくしが』

と、喉《のど》まで出かかっていた。徳田光友《みつとも》こと光貞《みつさだ》によって与えられた自信が、佳奈の体内にみなぎっているのだ。

その佳奈が、

「あら、あの声は」

首を伸ばし、衝立の脇から庭に視線を投げた。

「そのようですね。佳奈、居間のほうへ案内し、しばらく寝かせてあげなさい。トトさまがすぐ診に行きますから」

冴が言ったのへ、一林斎は大工の肩に鍼を打ちながらうなずきを見せた。きのうがなければ、

『佳奈、ちょっと薬草を届けに……』

と、佳奈を外へ出していただろう。

「はい」

勢いのある返事と同時に佳奈は立ち上がり、縁側に出た。

〝急患〟の者はなおも体を〝く〟の字に曲げ、療治部屋の縁側に両手をつき苦しそうに顔を上げ、出てきたのが佳奈であることに、

「うっ」

困惑の表情になった。

「あらー、伊太さん。こんどは肩凝りでのうて腹痛ですか。居間のほうへまわってすこしお休みくださいな」

「へ、へえ。お嬢」

印判の伊太ことイダテンは佳奈に言われ、玄関にまわって居間に入った。

「うふふ、伊太さんじゃのうて、イダテンさん。もうお腹、押さえなくてもいいのですよ。それとも、わたしが苦ぁーい薬湯を煎じてあげましょうか」

「お嬢……!?」

居間に入るなり言った佳奈に、イダテンは腹から手を離し戸惑いの表情を見せた。

「わたし、聞いたのです。此処《ここ》は紀州藩の隠密のつなぎ場なんですってねえ」

「隠密？　まあ、違《ちげ》えねえが。それにしても、お嬢」

秘密めいた横目付のような……などとまわりくどい言い方はせず、佳奈は〝隠密〟と明瞭に言った。イダテンは立ったまま佳奈を見つめ、

「ほんとうに、組頭はお嬢に？」

「組頭？」

とっさに佳奈は問い返した。

二人は居間に立ったまま、向かい合っている。

きのう目黒の富士見茶亭で、一林斎は霧生院の役務をイダテンら〝お侍衆〟たちへの〝世話〟と言い、さらに話の進むなかに〝元締〟へと変化した。なんとなくだが佳奈は、

（――トトさまは要《かなめ》の人か）

解した。

さらにいま、〝隠密〟の一人であるイダテンが、一林斎を〝組頭〟と称《よ》んだ。元締や要などといった漠然としたものではなく、その呼称は明らかに具体的な一群の束《たば》ねではないか。佳奈の思考は、疑念とは逆の方向に進んだ。その下地は、きのうの富士見茶亭でできて上がっている。

（やはりトトさまは……）

〝組頭〟の一言に思えたのだ。

「さよう。此処が束ねの場になっておるでのう」

佳奈の声が聞こえたか、鍼を冴と交替した一林斎が居間に入ってきた。

「組頭!」

「それでいい。急いでおるようだな。まず座れ」

困惑した表情で言ったイダテンに、一林斎は穏やかな口調で畳を手で示した。

佳奈も話を聞こうと、胡坐居《あぐらい》になった一林斎の斜めうしろに端座した。それを咎《とが》めることなく一林斎は、

「して、いかなる」

イダテンにさきをうながした。きのうの話だけでは不十分なことを、一林斎は承知している。佳奈にいっそう〝霧生院〟の立ち位置を認識させるため、一林斎はとっさに判断したのだ。

「うむ」

イダテンはうなずいた。日本橋での談合の場で、ロクジュが〝せめて佳奈お嬢が、われらの役務を知っていてくれたなら〟と言ったのを、

(組頭は解してくれたか)

感じ取った。

「ならば」

イダテンは胡坐居のまま上体を前にかたむけ、声を落とした。

「矢島鉄太郎どのが動きましたぞ」

「なんと！」

待ちに待った瞬間である。一林斎も一膝、前にすり出た。

二

松平頼方《よりかた》こと源六が少人数で千駄ケ谷の下屋敷を出て、目黒不動へ参詣に行ったことは、その日のうちに赤坂の上屋敷に伝わっていた。

「――どういうことじゃ。おまえたちが待っていた好機ではなかったのか。その動きを察知できず、見過ごしてしまうとは！」

中奥の一室で、綱教《つなのり》は人を遠ざけ腰物奉行の矢島鉄太郎を叱責《しっせき》していた。

「――よいかっ、わしが国家老の布川又右衛門やおまえたちに命じたことは、紀州徳川家の名誉のためぞ。それだけではない。わしが柳営（幕府）の将軍位に就いたなら、おまえたちも存分に取り立ててやろうものを！」

「――ははーっ」

矢島は平身低頭していた。この叱責はきのうの夕刻、源六や加納久通《ひさみち》、小泉忠介らが下屋敷に戻り、一林斎たちも神田須田町に着いた時分のことである。

その矢島鉄太郎がきょう朝早く上屋敷の裏門から出るのを、矢島の動きに気を配っていた中間姿の氷室章助が見つけた。

（お忍びの外出）

とっさに解し、あとを尾《つ》けた。殿の腰物奉行ともなれば、光貞の腰物奉行の小泉忠介がそうであるように、公用の外出ならかならず中間を随えるが、私的な外出でかつ秘密をともなうものであれば、そっと一人で裏門から出る。この日の矢島鉄太郎の外出は、まさしく私的な秘密の外出の条件をそなえていた。

事前に察知しておれば、すぐさま印判の長屋に知らせ、イダテンとハシリが尾行する態勢をととのえられるのだが、いま裏門を出ようとするのを見つけたのだ。

矢島は裏門を出ると、赤坂の町場に入った。氷室はホッとした。人通りが多く道は複雑に入り込み、尾けやすい。もし外濠に沿った往還などに出れば、人通りが少ないうえに見通しがよい、顔も互いに知っており、すぐ気づかれ氷室はこのあと上屋敷で潜みの役務が果たせなくなるだろう。

矢島は幾度か角を曲がり、そのたびにあとをふり返った。ますます怪しい。雑多な町場の往還とあっては、ふり返られても気づかれるような氷室ではない。そのつど身をかわした。

（はて？）

氷室は首をかしげた。町場を抜け武家地に入ったなら、周囲は閑静で尾行が困難となる。その懸念はなく、矢島はこの雑多な町場のどこかに、目的があるような歩の進め方だった。

当たっていた。飲食の店がならぶ裏通りに入り、消えた。

そのうしろ姿を、ちらと氷室は見た。

幾人かの男や女とすれ違いながら、矢島の消えた暖簾の前をゆっくりと通り過ぎ、

「ふむ」

得心したようにうなずいた。入ったことはないが、その店の存在は中間仲間の噂から知っていた。

ももんじ屋である。猪《いのしし》や鹿など獣肉の鍋料理を食べさせる店で、あまり目立たない灰色の暖簾に〝ももんじ　川越屋《かわごえや》〟と小さく染め抜いている。陽が落ちれば提灯の灯りだけでは、文字も読めないほど控えめな暖簾だ。川越といえば武州《ぶしゅう》で、江戸からは朝発てば夕刻には着く距離だ。氷室がうなずいたのは、武州川越とマタギと猪がそ

れとなく結びつくからだ。

その川越屋は裏通りにひっそりと暖簾を張っている風情だが、獣肉がご法度《はっと》になっているわけではない。ただそれが蕎麦《そば》や天麩羅《てんぷら》のように、一般的ではなかっただけのことである。おもに病人や虚弱の者が精をつけるため薬喰《くすりぐ》いといって食べ、元気な者でも、

「おう。薬喰いに行こうぜ」

と、控えめな暖簾をくぐっていた。そこに武士がいても不思議はない。町人にも武士にも、一度食べに行って病みつきになる者もいる。そういう客に支えられ、だから暖簾は目立たなくても充分にやっていけるのだろう。

その川越屋の前を通り過ぎると、

「よし」

氷室章助は狭い裏通りに足を速めた。イダテンの長屋に向かったのだ。幾度か角を曲がり路地も通り抜けたが、それでもイダテンの長屋とは半丁（およそ五十米《メートル》）と離れていなかった。

イダテンとハシリは、印判の真似事をしていた。長屋では、ハシリは上方《かみがた》の同業という触れ込みになっている。

「おっ、矢島に動きがあったか」

と、イダテンもハシリも、中間姿の氷室が飛び込んで来たのへ腰を上げ、

「おっ、知ってるぜ。ももんじの川越屋」

「よし」

と、イダテンとハシリは草鞋《わらじ》の紐を結んだ。二人とも氷室と同様、脳裡に武州川越とマタギと猪を結びつけたのだ。

氷室は、

「それではあとを頼むぞ」

と、屋敷に戻り、イダテンはハシリに川越屋の場所を教え、神田須田町に走ったのだった。

矢島鉄太郎とまったく面識のないハシリは職人姿で、

「おう。精のつくのを食べさせてもらおうかい」

と、川越屋の暖簾をくぐっていた。

霧生院の居間で、

「ふむ。薬喰いの店が赤坂にもあったのか。知らなかったなあ」

一林斎も言いながら、

「臭《にお》うなあ」

と、マタギの又市と川越屋とを一本の線に結びつけた。それに、浅草で若い不逞《ふてい》旗本に〝毒を塗った手裏剣〟を打ち込んだ男である。浪人者だった。その者も、川越屋と結びつけば……。

「トトさま。わたし、赤坂の川越屋とかに行ってみとうございます。薬喰いがどういうものか、向後のために」

「ならぬ！」

「えっ？」

佳奈が大人びた口調で言ったのへ、一林斎は即座にはねつけた。

一林斎の反応に佳奈は驚いた表情になった。せっかく霧生院の秘密を打ち明けられ、こうした極秘の談合の場にも同席を許されているのに、

（どうして？）

佳奈にとっては新たな疑問である。

イダテンにはその理由《わけ》が分かる。

「佳奈お嬢、ここはわれらにお任せを。地元でござるゆえ」

すかさず口を入れた。武士言葉になっていた。

「え、ええ」

佳奈は不承ぶしょうながら引き下がった。

「さっそく川越屋の周辺を洗ってみます。その報告はきょう中にも」

「ふむ、そうしてくれ。いますぐにだ。佳奈、留左をいますぐ。い、いや。いい」

「どっち？」

佳奈はまた怪訝《けげん》な表情になった。一林斎は留左をつなぎ役にしようと思ったのだが、きのう話してきょうからでは、しかも重大事かも知れないことに、いきなり巻き込むのを躊躇《ちゅうちょ》したのだ。

イダテンはその迷いを察し、

「かくも重大なことに、しかも足元に注意を払っていなかったのは、まったく迂闊《うかつ》でございました。つなぎはロクジュを赤坂に呼び、疎漏《そろう》のないようにしますれば」

「よし、それでよい。ともかくつなぎは密にせよ」

「はっ」

イダテンは佳奈にも一礼し、部屋を出た。

「トトさま」

佳奈は訊こうとしたが、にわかに緊張の表情になった一林斎に言葉を呑み込んだ。それだけまた、佳奈が霧生院の一員になった証《あかし》かも知れない。

三

川越屋の中に入ったハシリは、

「ん？」

首をひねった。中は土間で履物を脱いで上がる入れ込みの板の間になっていて、質素な衝立で仕切れるようになっているが、隠居仲間か年配の者が三人かたまって鍋をつついているだけで、衝立で仕切っている客はいなかった。入ったはずの矢島鉄太郎がいない。

「お一人かね」

「あ、あぁ。一人だ」

奥からお運びの女が出てきて訊くのでハシリは応え、

「お一人なら焼き上げたのがいいと思いますが、どうします。お客さん、歯が丈夫そうだから」

どうすると言われても、初めてなので勝手が分からない。

「あぁ、任せるよ」

ハシリは板の間に腰を下ろした。

待つほどもなく膳が運ばれた。

「ほーっ」

初めてかぐ焼肉の匂いだ。その珍しさよりも、矢島鉄太郎だ。

「姐さん」

「はい」

ハシリはお運びの女に声をかけた。

『さっき、お武家が一人ここへ入ったはずだが』

喉まで出た言葉を呑み込み、

「いや、初めてでねえ。いい匂いだ」

「そうでございましょう。そこの醬油と唐辛子で味つけしてください。きっとお気に召しますよ」

食べ方を説明し、奥に入った。女は初めての客に慣れているようだ。

ハシリは、ほっと安堵の息をついた。

（ここがもし〝敵〟の詰所で、女もその一味であったなら）

矢島鉄太郎を尾けて来たことを教えてやるようなものだ。

箸を動かした。

「うむ。うむうむ」

旨い。それに、さっき女がハシリを見て〝歯が丈夫そうだから〟と言った意味が分かった。歯ざわりがなんともいえない。硬そうで、それでいて軟らかく、嚙《か》み切ることもできる。口の中に醬油味に唐辛子の効いた肉汁の味が広がる。

しばし、ハシリは夢中で舌鼓《したつづみ》を打った。

ふと気がつくと、客が二人ほど増えており、矢島が出てきたようすもない。玄関の土間の脇に、入れ込みには上がらずそのまま奥に入る通路があった。

勘定のとき、出てきた老爺《おやじ》に、

「奥に座敷でもあるのかい」

土間のほうを顎《あご》でしゃくった。この問いなら怪しまれないだろう。

「いえ。あれは手前どもの、荷運び用の通路でさあ」

老爺は応えた。

「そうかい。いやな、こんどまた仲間内で来ようと思ってよ」

「それはどうも。入れ込みだけでやすが、またのお越しを」

「おう」

川越屋を出た。陽がちょうど中天にかかったころだった。

矢島鉄太郎はまだ出て来ない。

（入ったのは間違いないのだが）

ハシリはまた首をかしげた。


矢島は奥の部屋にいた。奥行きは店の質素な構えに反してけっこう広かったが、猫の額ほどの庭の板塀はそのまま隣家との仕切りになり、裏から出入りできる構造ではなかった。

居間のような部屋だ。向かい合っているのは浪人者だった。

「ナゲイよ、なんたることぞ」

「はーっ」

矢島は叱責の口調であり、ナゲイと呼ばれた浪人風体は恐縮の態《てい》になっていた。

矢島は、きのう源六こと頼方が少人数で目黒不動へ出かけたことを告げ、それに気づかずなんら対応しなかったことを詰《なじ》っている。

「児島竜大夫配下の江戸潜みを洗い出すのが先決だなどと申しおって、目を下屋敷に向けておらぬゆえ、昨日のような好機を逃してしまうのじゃ。頼方公は数名の供を連れただけで、しかも駕籠に乗らず徒歩《かち》だったというぞ。ならば目黒不動の近くで、おまえの腕なら人混みから手裏剣を打てたはず。薬込役には、少量で人を殺せる、秘伝の毒薬があるというではないか」

「はあっ」

「この前の浅草での旗本殺し、おまえではないのか」

　矢島に問われ、ナゲイなる浪人は無言でうなずいた。

「頼方公と竜大夫配下の江戸潜みを屠《ほふ》ったときの目くらましなどと、幾人関係なき者を葬《ほうむ》るつもりじゃ。早う頼方をこの世から消し、綱教公を安んじたてまつれ。その暁《あかつき》には、おまえが使嗾《しそう》しているマタギの者を、足軽鉄砲組に取り立てる約束は、きっと果たすゆえ。そのほかの浪人どもものう、悪いようにはせぬ」

「はーっ」

「それにのう、この川越屋には以前からわしは常連だったから、老爺に充分な手当てをし、おまえのためにこの部屋を借りてやったが、老爺はおまえを胡散臭《うさんくさ》い者と思いはじめておる。おまえが川越屋出入りのマタギの者を配下にすることができたのをここでの成果とし、居を千駄ケ谷に移せ。一両日中にじゃ。綱教公はお怒りじゃ。つぎに好機を逸したなら、尾州潜みの和田利治を江戸に呼び寄せる。お前の組頭じゃ。そうなれば、頼方公を始末してもおまえの手柄にはならぬぞ。おまえに約束した、正規の江戸潜みの組頭の件は守れなくなるぞ」

「はーっ」

平伏するナゲイの額から、汗が一粒したたり落ちた。

矢島は屋敷で綱教から叱責され、それをナゲイにぶつけている。

「頼方公さえ葬ってみよ。竜大夫配下の江戸潜みを抜忍として藩邸の藩士が追討するのに、光貞公は異議をお唱えになることもなくなろう。むろん、国おもてでは城代の布川又右衛門さまが竜大夫追討の下知を城内に下される。その基《もとい》となる役務を、おまえに託《たく》しておるのじゃ。ありがたく思うがよいぞ」

「はーっ」

ナゲイはさらに平伏し、

「慥《しか》と料簡せよ」

「ははーっ」

平伏のまま、矢島が腰を上げ部屋を出る足音を聞いた。顔を上げると、そこに金子《きんす》十両が置かれていた。千駄ケ谷に居を移す費用だろう。

「くそーっ」

ナゲイは十両を手にうめき、

「矢島さまはなにもご存じない。向こうの江戸潜みの実態が分からぬまま仕掛けたのじゃ、俺のほうがお陀仏だ。頼方公が外出されるのに、江戸潜みが警護についていないはずはない」

つぶやき、

(よしっ。一両日中にとは日がない。一か八か……今宵だ)

意を決した。

外では、

「おっ」

ハシリは足をとめた。川越屋を離れ、念のためふたたび戻って来て角を曲がったところに、矢島鉄太郎が暖簾から出てきたのだ。あとを尾けた。

矢島は来たときとおなじように幾度も角を曲がり、帰ったのは紀州藩上屋敷の裏門だった。

イダテンが霧生院から戻っている時分である。ハシリは急ぎ長屋に戻った。

四

イダテンがふたたび霧生院の冠木門に走り込んだのは、太陽がまもなく西の端に沈もうかといった時分だった。

療治部屋にも待合部屋にも患者はいたが、もう急患を装う必要はない。

直接居間に入り、一林斎も療治を冴と佳奈に任せ、

「ほう、それは重畳《ちょうじょう》」

と、目を細めるなりすぐ、浅草での旗本殺しと、不気味な浪人やマタギの又市の徘《はい》徊《かい》から、

「敵は仕掛けて来るぞ。近いうちに」

予感を舌頭に乗せ、

「おそらく」

と、イダテンも表情を引き締めた。

午《ひる》ごろだった。川越屋を出た矢島鉄太郎が上屋敷に戻るのを見届けたハシリは、急いでイダテンの長屋に帰った。イダテンもちょうど霧生院から帰ったところだ。

それからの動きは迅速だった。ふたたびイダテンは外に走り、千駄ケ谷の下屋敷にいる小泉忠介とヤクシに状況を伝えるとともに、額の張ったロクジュを助《すけ》っ人《と》に赤坂へ連れ戻り、三人で手分けして川越屋と矢島鉄太郎を見張る一方、近辺での聞き込みを開始した。ロクジュは夏の蚊帳《かや》売りになった。際物師《きわものし》というのは、こういうとき便利だ。

聞き込みは遠国潜みの得意技であり、さまざまなことが判明した。

川越屋は十年以上も前から、いまの場所で営業しており、常連客には武士もいる。一人の浪人が川越屋に住みついたのは半年前からで、ときおり同類のような浪人者が二人ほど訪ねて来ていた。

川越屋には老爺の郷国《くに》である武州川越のマタギ衆が常に出入りし、獣肉をかれらから仕入れており、又市というマタギも出入りの一人だった。

半年ほど前から又市は江戸に住みつき、浪人の指南を受け薬草売りを始めたらしい。川越屋に住みついた浪人は、薬喰いの店に住むのにふさわしく、薬草に精通しているとのことだ。

マタギの又市は、その浪人を〃ナゲイの旦那〃と呼んでいるらしい。

「その又市の住みついているのは、おなじ赤坂の町場の木賃宿で、そこにはロクジュが泊まり客として草鞋を脱ぎやした」

霧生院の居間でイダテンは話し、

「川越屋にときおり出入りしている浪人二人も、おなじ木賃宿におりました。それになんと、ナゲイの旦那は川越屋を出て、その木賃宿に行ったじゃありやせんか」

陽が沈んだようだ。外からの明かりが不意に薄くなった。

「おまえさま。それにイダテンさん」

冴が居間に入ってきた。きょうの診療をすべて終えたようだ。

「さっきナゲイと聞こえましたが」

冴は言いながら居間に腰をおろし、

「きょうはいつもより遅くなってしまい、お向かいの大盛屋さんに夕の膳を頼もうと思って、佳奈を遣いに出しました。イダテンさんの分も頼みましたから、ここで召しあがっていってくださいな」

「うょー。それはありがてえ」

職人言葉でイダテンは返した。いままで霧生院では〃伊太さん〃と呼んでいたが、これからは〝イダテン〟と呼んでもさしつかえない。

「それよりも冴、さっきナゲイのことでなにか」

「はい。そのことなんです」

一林斎にうながされ、冴は端座した膝を前にすり出した。

「ずっと以前、和歌山にいたころ父上から、手裏剣に関してはおまえの上手《うわて》をいく者が遠国潜みにおる、と聞いたことがあります。その者の名は投下伊助《なげいすけ》といい、組屋敷では聞いたこともなく、変わった名なので覚えておりました。もちろん父上は、それがどこの潜みかまでは話しませんでしたが」

「ほっ。投下伊助……ナゲイ。そうかも知れやせんぜ」

「ふむ、そやつめ。われらが掌握できておらぬ、尾州潜みの和田利治の配下の者かも知れぬのう。手裏剣が冴の上手をいくか。手強いな」

一林斎は真剣な表情で言った。

児島竜大夫は、冴が組屋敷で一番の手裏剣上手であったことから、ふと言ったのであろう。どこの潜みかまで言わなかったのは、親子であっても薬込役としては当然のことである。

だが、遠国潜みで秘かに人を江戸へ出せるのは、尾州潜みしかいない。和歌山城下の組屋敷から抜けたのであれば、すぐさま竜大夫からつなぎがあるはずだ。

ここで一林斎らは、浅草での毒入り手裏剣とナゲイとを結びつけた。

「手強そうでやすが、あっしがこっちへ向かうときは、ナゲイの旦那は木賃宿に入《へえ》ったままでやした。そこに動きがあれば、ロクジュがあしたにでもつないできますさあ」

「あしたか。儂が矢島鉄太郎かナゲイの投下伊助なら、きょう中に動くぞ」

一林斎はきのうのお不動参りの件で、源六と一林斎たちがおなじ時刻におなじ場にいたことを察知し、きょうの矢島とナゲイの動きになったと解釈したのだ。

実際の動機は異なる。だが、動いたという結果はおなじだ。イダテンが霧生院に向かったあと、木賃宿にはその動きがあった。マタギの又市を残し、浪人三人が木賃宿を出たのだ。ナゲイが他の二人を差配しているようすだった。陽が西の空に大きくかたむいた時分のことだ。

もちろん、ロクジュとハシリは三人を尾けた。

赤坂から神田須田町へは、日の出から日の入りまでなら往来勝手の江戸城外濠《そとぼり》の赤坂御門を入り、神田橋御門を出るのが最も近道だが、挙動不審な者と浪人者は往来停《ちょう》止《じ》となっている。ナゲイらはいずれも百日髷《ひゃくにちまげ》に筋目のない袴で、見るからに浪人者である。御門内には入れない。町場である外濠沿いの往還を迂回するため、尾行は容易だった。それでも行商人姿のロクジュと職人姿のハシリは、ときおり前後を交替しながら尾行をつづけた。

(やはり、霧生院へ目串を刺していたようだ。神田へ向かっているぞ)

三人の背に視線を釘づけているハシリが、後方のロクジュに合図を送った。

(そのようだ。間違いない)

ロクジュは返した。須田町に着くのは、陽が落ち薄暗くなりかけた時分になろうか。二人の緊張は高まった。それぞれふところには匕首《あいくち》のほかに、お犬さま対策の憐み粉と必殺の安楽膏が入っている。

霧生院では、

「トトさま、カカさま、頼んでおきました。イダテンさんの分も」

「おっ、あっしの分もですかい」

イダテンはいささか戸惑った。これまでは〝伊太さん〟で、〝イダテン〟と呼ばれてはならなかったのだ。

「あ、そうでやすねえ。お嬢」

イダテンは続けて言った。なにが〝そうでやす〟なのか、一林斎も冴も解し、

「そうなんですよ、イダテンさん」

佳奈は応え、座はこれまでとは違い、隠し事のないなごやかなものとなった。

だが、緊張がある。

（今宵）

一林斎は予測している。

大盛屋から膳が運ばれ、夕餉のひとときが終わったころ、外は薄暗くなり、部屋の中は灯りが必要となりかけていた。

「あら、もうこんな時分に。わたし、行灯《あんどん》に火を入れてきます」

佳奈が座を立った。

イダテンは一林斎の緊張した表情を読み、

「組頭。今宵、泊めてもらいやしょうか。待合部屋で寝させてもらいまさあ」

「そうしてもらおう」

一林斎は応え、イダテンは冠木門を閉めに庭へ出て、冴は雨戸を閉めに縁側に出た。

部屋には一林斎一人が残った。

（さあ、来るなら来い）

念じた。もし来たなら、これまでの闘争のなかで霧生院が襲撃の対象になるのは、これが初めてとなる。

(よかった)

思ったのは、佳奈のことである。霧生院の特殊な役務を話したのは、ついきのうのことだ。話していなかったなら、策は非常に立てにくいものとなっていただろう。

しだいに薄暗くなる。浪人は三人……。

(薬込役はナゲイ一人か)

ロクジュとハシリは三人の挙措《きょそ》から判断した。ハシリたちも、

(やつが薬込役なら、浅草の手裏剣も、その前の一連の殺しも、やつに違いない)

確信を深めている。他の二人は本物の浪人のようだが、腕は分からない。

神田の大通りを進んでいる。荷馬や大八車はすでに見られず、まばらに往来人が歩くのみで、すでに提灯を手にしている者もいる。三人は裏通りなどの近道をしないところから、地形にさほど精通していないようだ。

ロクジュがハシリと肩をならべた。浪人三人は五間(およそ九米)ほど先で、すでにうしろ姿だけでは識別できず、単なる人影にしか見えなくなっている。向こうがふ

り返っても、条件はおなじであろう。

歩を進めながら、ロクジュは低声で言った。

「ともかく、組頭に知らせてくる」

「分かった。おれは最後までやつらの背後についていよう」

「よし、それも伝えておく」

ロクジュはもう幾度も霧生院に行っており、近辺の地理には詳しい。影が一つ、大通りから脇道に走り込んだ。

走った。先まわりだ。

「おっとっと」

霧生院の冠木門の前に走り着いたのは、ちょうどイダテンが庭に出て門扉を閉めようとしていたときだった。

「おっ、ロクジュ。どうしてっ」

「来たぞ。組頭に」

「えっ、やはり」

ロクジュがいきなり来た驚きより、イダテンには一林斎の勘が当たっていたことへの驚きが先に立ち、同時に佳奈の件である。屋内と屋外が一丸となって迎え撃てる。

さらに、内も外も、ナゲイなる人物に共通の認識をしている。

「よし」

イダテンはうなずいた。

気配を感じたか、一林斎が玄関から出てきた。廊下の雨戸を閉めていた冴も手をとめ、

「なにか異変が？」

庭下駄をつっかけ、近寄ってきた。

「よし、分かった。三人組で一人はナゲイだな。手強いぞ」

「えっ」

話は早かった。ナゲイが手裏剣の名手であるとの冴の見立ては、その場でロクジュに伝えられた。ロクジュは緊張した。薬込役なら、手裏剣と聞けば安楽膏の塗られることは即座に想像する。

「持っているか」

「はっ」

「よし」

一林斎はうなずき、下知した。

「三人を門内に入れ、物見に来ただけだとしても生きては帰さない。そなたとハシリは三人の背後を封じ、一人たりとも逃がすな」

「はっ」

「あれれ、いまのロクジュさんでは？」

佳奈が手燭を手に玄関から出てきた。そのとき、ロクジュはもう冠木門の外に走り出ていた。

「佳奈、戦いが始まるぞ。心せよ」

「えっ」

佳奈は驚いた表情のまま、冠木門は閉じられ、冴も雨戸を閉めた。普段のようにふるまうのだ。

行灯の灯りが入った居間に、ふたたび四人がそろった。

「トトさま、カカさま、それにイダテンさん。いったい何事が？」

心配げに問う佳奈に、

「賊です。ここを紀州藩の影のお侍たちの、秘密の詰所と看做《みな》した一群が襲って来ようとしているのです」

「そうなんだ。だから戦うにも、町の人たちに知られてはならぬ。それが影同士の戦いというものだ。佳奈、これを機に体得せよ」

冴と一林斎に言われ、

「は、はい」

佳奈には返事をする以外、問い返す余裕もないほどその場は緊張に包まれていた。

「そ、そういうことでさあ、佳奈お嬢」

佳奈を落ちつけようとして言ったイダテンの声は、なかば上ずっていた。手裏剣に安楽膏……いかに恐ろしい武器であるかは、薬込役が誰よりも痛烈に知っている。

「向かいの大盛屋が暖簾を下げるまで、まだ半刻（およそ一時間）はあろうかなあ」

一林斎の言葉に、座はいくらかやわらいだ。すぐ向かいに、人の出入りがあるうちは、

（襲って来ない）

佳奈にもそれは理解できた。

ナゲイら三人の足は大通りをすでに須田町にさしかかっていた。

まだ多少の明るさがあるとはいえ、三人もの浪人者が一群となり、灯りも持たずただ黙々と歩いているようすは不気味に見える。向かいから提灯を手に歩いてきたお店《たな》

者《もの》が、慌てて脇へ寄って道を空けた。

一歩一歩と暗さの増すなかに、

（くそーっ。もっと丹念に霧生院とやらのようすを調べたかったが、千駄ケ谷に移る前に斃《たお》しておかねば、すぐに察知されこっちがさきに襲われるわ）

と、ナゲイこと投下伊助の憤懣は、綱教と矢島鉄太郎に向けられていた。

（綱教公も矢島どのも、薬込役の戦いをまったく分かっておいでない）

地を踏む一歩一歩に込み上げてくる。

「投下どの。始末するという医者の塒《ねぐら》はまだでござるか」

「そこだ」

浪人の一人が低い声で訊いたのへナゲイは返し、大通りから脇道に入った。前方に軒提灯《のきぢょうちん》の灯りが見えるのは、まだ人の出入りがある大盛屋だ。

「おう、首尾はどうだった」

「つなぎは取れた。ナゲイなる者、手裏剣の名手だというぞ」

「な、なんと！」

戻ってきたロクジュが言ったのへ、果たしてハシリは驚愕の声を上げ、ふところを押さえた。貝殻に入れた安楽膏が、そこに収まっている。

五

「ここか」

「さよう」

浪人二人とナゲイはゆっくりと冠木門の前を通り過ぎた。向かいの大盛屋の軒端《のきば》にはまだ大きな提灯が掛かっており、灯りのある中に人の気配もある。玄関のすき間からイダテンが冠木門を窺《うかが》っているが、距離があり外の気配はすくい取れない。

——トトン、トン、ト
冠木門が音を立てた。薬込役の合図だ。

イダテンは冠木門に走り出た。

門扉越しに声が聞こえた。ロクジュの声だ。

「ナゲイら三人、すぐそこの火除地《ひよけち》に向かった」

「分かった」

イダテンは応え、冠木門の内と外から人の気配は消えた。

神田の大通りは須田町を過ぎれば、神田川に架かる筋違《すじかい》御門前の火除地で広場になっている。昼間は屋台や大道芸人に往来人、見物人で賑わい、江戸に出てきたころは佳奈の格好の遊び場になっていた。日の入りとともに広場から潮が引くように人影は消え、巨大な暗い空洞のようになる。〝火除地に向かった〟の一言で、ナゲイらはそこで時の過ぎるのを待つ算段であることが用意に推測できた。広場の隅に身を寄せるだけで、隠れた状態になるのだ。

「ふむ」

霧生院の居間で、一林斎はイダテンの報告にうなずいた。

もちろん、一林斎と冴、それにイダテンにも、ナゲイら三人の動きは手に取るように分かる。

（打って出て、野外で三人を包囲し、討ち取る）

当然、考えられる策である。

だが、採れない。敵には手裏剣がある。もちろん冴も包囲戦に加われば、互角になろうか。数は味方が勝《まさ》っている。敵にはこちらの数が分からない。断然有利だ。しかし、闇の中でそれらは無意味だ。標的が見えず同士討ちになるやも知れず、それが薬込役同士の戦いでは、かすり傷一筋で致命傷になるのだ。

まだある。一人でも討ち漏らせば、綱教と矢島鉄太郎に、霧生院が間違いなく児島竜大夫配下の江戸潜みの本拠であることを教える事態となる。しかも藩主直属の薬込役と戦ったのだ。霧生院は〝反逆の抜忍〟として冴、佳奈もろとも紀州徳川家の追討を受けることになろう。これには光貞といえど、隠居の身では如何《いかん》ともし難《がた》いだろう。藩の仕組から、差配の権は現藩主の綱教にあるのだ。

さらに、イダテンなど霧生院に出入りのあった者はつぎつぎと洗い出され、いずれも抜忍として藩の追討を受ける身となり、国おもての児島竜大夫の身も危うくなるだろう。光貞がそこに異を唱えて動けば、藩の内紛にまで発展しようか。波及には計り知れないものがある。

採り得る策は一つしかない。三人を門内に入れ、人知れず葬る以外にない。すなわち、何事もなかったことにする……。仕掛けたのは藩主の綱教であり、しかも極秘である。矢島鉄太郎とともに、ただ歯ぎしりするだけでこの攻防を終えなければならない。これこそ、薬込役の戦いなのだ。

一林斎がこの策を躊躇なく立てることができたのは、佳奈に霧生院の立ち位置を打ち明けていたからにほかならない。

その策は、すでに進行している。

「やつら、なにを話していやがる」

「ぼそぼそと、まったく無防備だなあ」

火除地の広場の隅である。ロクジュとハシリが潜んでいる五間（およそ九米《メートル》）ほど先に、ナゲイら三人が身を隠している。隠すといっても、隅にたたずんでいるだけだが。提灯でも持たなければ、人がいることさえ分からないほどに、あたりは夜の帳《とばり》に覆われている。

姿は見えないが、三人はなにやら低声で話しているので、気配はすくいやすい。

息を殺した話しようだ。

「投下どの。間取りが分からぬでは、灯りなしに打ち込むのは危険ではないか」

「家族構成は分かっておる」

浪人の一人が言ったのへ、ナゲイは返した。

「そうよなあ。医者の夫婦に十四、五歳の小娘が一人。難はあるまい」

もう一人の浪人が声を這《は》わせ、

「それよりも投下どの。こと成就の暁には、われらが紀州徳川家に仕官できること、間違いないだろうなあ。すでに幾人かの殺しに手を貸しているのだぞ」

「むろん。この仕事はもう幾度も言ったように、藩主の綱教公肝煎《きもいり》と思われよ。約束は違《たが》えぬ。ふるって打ちかかられよ」

「おう」

あとは静かになった。

ロクジュたちからは、闇のなかに人が数人、かたまっている気配だけが感じられる。

ナゲイは心配だった。療治処の間取りどころか、一林斎が憐み粉を使っているらしいことと、マタギの又市の、

「――鍼師なのに、薬草に相当詳しそうでごぜえやした」

との見立てから、薬込役の江戸潜みと鑑定したのだが、霧生院の力量さえ分からないのだ。

(配下の二人が打ちかかれば、対手の力量は分かる。それを見て敵の気配に向かって手裏剣を打ち込む)

闇のなかでの闘争に、一応の策は立てている。浪人二人は、一林斎の力量を見るための捨て駒である。

半刻（およそ一時間）は過ぎたろうか。

「参ろうぞ」

「おぉう」

「心得た」

三人の影は動いた。

ロクジュとハシリは息だけのうなずきを交わし、あとにつづいた。行く先は分かっているので、闇のなかであっても間合いを充分に取ることができた。

庭に出たイダテンが居間に戻ってきた。

「冠木門のすき間から見ると、ちょうどお向かいの大盛屋、提灯と暖簾を降ろしていやしたぜ」

武士言葉で話せば緊張が増す。イダテンは身なりにふさわしい職人言葉で話した。

「さあて。そろそろ配置につこうか」

佳奈がさきほどから緊張の態で押し黙っている。すこしでもそれをほぐそうと、一林斎は穏やかな口調で言った。

「そうですね。そろそろ」

冴も一林斎に合わせた。

だが、佳奈の極度に緊張した表情は変わらない。無理もない。命のやり取りがそこに待っているのだ。

三人は腰を上げ、

「佳奈、いいか。ここに凝《じ》っとしているのだぞ」

と、一林斎は行灯の火を吹き消した。あとの灯りは、イダテンが持った手燭のみである。居間を出た。暗い中に、佳奈は独《ひと》り残った。

「トトさま、カカさま」

思わずつぶやき、あとを追おうとした。が、身が動かない。もの心がつき、歩けるようになった幼児が、親の所用ですこしでも独りにされたときの恐怖には、計り知れないものがあろう。その恐怖感を、いま佳奈はよみがえらせている。

外ではナゲイら三人が、

「おっとっと」

「ほれ、気をつけろ」

と、手探りで広い闇の空洞となった神田の大通りの隅に歩を返している。ロクジュとハシリからは、その影も見えないが気配はすくい取れる。

「ここだったな」

三人の足は、霧生院のある枝道に入った。

「ふむ。消えておる」

ナゲイの声だ。向かいの大盛屋は雨戸を閉め、すき間から灯りも洩れていない。

「行くぞ」

「おう」

ナゲイは緊張からか掠《かす》れた声になり、浪人二人も腹の底から声を絞り出した。これまでの殺しは、本郷の高利貸しも、深川の大店のあるじも、四ツ谷の旗本の長男も、浅草での手裏剣を除き、すべて辻斬りであった。押し込み強盗のように、屋内へ打ち込むのはこれが初めてである。

三人はゆっくりと、というよりも恐るおそる、歩を進めた。

ロクジュとハシリも霧生院の枝道に入った。

冠木門にいくらか近づき、目を凝らせば、人の影の動きがかすかに看《み》て取れる。

冠木門の前で、三人が袴の股立ちを取り、たすきを掛け手拭で頬かぶりをした。

「では」

ナゲイが反動をつけ門扉《もんぴ》に飛びつくなり、くるりとその身が門内に消えた。木のきしむ音がわずかに立ったのみである。

「おぉお！」

この軽業に、浪人二人は目を瞠《みは》った。

すぐだった。潜り戸に小桟《こざる》を外す音がかすかに聞こえ、中から開けられた。

「さあ」

ナゲイの顔がのぞいた。

「おぉう」

浪人二人は急くように身をかがめ、刀の鞘《さや》が潜り戸にあたる音が二度三度、影は往還《せ》から消えた。

その音はロクジュたちにも聞こえた。ついで潜り戸が閉まる音も……。

「よし」

「うむ」

ロクジュとハシリはようやく声をその場に這わせ、音もなく潜り戸の前に走り寄った。潜り戸にはすこしすき間が空いている。逃走するときの用意だろう。すき間をそのままに、二人は抜き身の匕首《あいくち》を手に潜り戸の両脇に身構えた。切っ先にはむろん安楽膏が塗られている。

身構えたまま、庭の物音を聞き盗ろうと、二人は耳を板戸にすり寄せた。

中では、賊は三人という人数は分かっていても、誰もナゲイの顔を知らない。まして三人ともおなじ浪人姿では、暗闇のなかに見分けもつかない。

「――ともかく闇を味方に、影の位置で討てる相手から」

一林斎の策である。瞬時に三人を斃《たお》す……。

冠木門の内側にそろった三人はうなずきを交わすと、忍び足で縁側の雨戸の前に歩み寄った。

ナゲイは一番隅の雨戸の前にかがみこみ、刀の小柄を抜き敷居の溝に差し込んだ。力を入れた。雨戸が浮いた。浪人が両脇からそれに手をかけ、ほんのわずかな木のすれる音だけで雨戸一枚を外した。いずれかで練習したようだ。廊下をはさみ、奥は療治部屋である。障子が閉まっている。

突然だった。障子が開き、人の影が廊下に飛び出て来た。イダテンだ。火の点《つ》いた手燭を持っている。これまで手燭の灯りが洩れないように体で覆い隠し、冴とともに待合部屋に待ち構えていた。療治部屋のほうの雨戸に物音を察知し、二人は移動していたのだ。

イダテンは廊下に足音を立てるなり、火の点いた手燭を雨戸の外の三人に投げつけた。思わぬ事態に三人は、

「うわぁ」

一歩退いた。地に落ちながら手燭の火は瞬時、三人の姿を闇の中に浮き上がらせた。刹那《せつな》、庭の薬草畑から影が飛翔するなり、

「うぐっ」

一人がうめき声を上げた。一林斎だ。苦無の切っ先が最も手前に位置した浪人の首筋を薙《な》いだ。

同時だった。廊下から手裏剣の風を切る音が聞こえた。

「ううぅぅ」

また一人がうめき声を洩らした。胸に手裏剣を受けたのだ。

二人とも倒れてはいない。立ったままよろめいている。

手燭の火は地に落ち消えた。

ふたたび暗闇である。

残った一人は、

「これはっ」

事態を察したか冠木門のほうへ走った。

「うわっ」

なにかにつまずいたか前のめりになって冠木門にぶつかり、手探りで潜り戸をさがし引き開けた。

そこも同時だった。

外からハシリが開いた潜り戸に飛び込むなり、出ようとした影に体当たりをし、そのまま庭のほうへ押し戻した。

ロクジュが素早くあとにつづき、中に入り潜り戸を閉めた。

「うぐぐっ」

ハシリの体当たりを受けた影はうめき声とともに仰向けに倒れた。ハシリが影の腹に匕首《あいくち》を刺し込んでいたのだ。

終わった。

だが、三人ともまだ死んではいない。

苦無で首筋を斬られた影が、ようやくその場に崩れ落ちた。つづいて胸に手裏剣を受けた影も、刺さったまま崩れるというより座り込んだ。潜り戸の内側でも、匕首はまだ刺し込んだまま、抜いていない。

冴が奥から行灯の灯りを持ってきて庭に下りた。

それからの処置も迅速だった。冴が行灯を庭に置くとすぐ療治部屋に引き返し、さらしを持って出てきた。

薬込役たちは心得ている。手裏剣と匕首を抜くなり血の出るのを防ぎ、傷口にさらしをぐるぐると巻きはじめた。庭はまるで野戦の手当処の様相となった。

暗い部屋に独りいるのはやはり不安か、佳奈が廊下に出てきた。目を見開き、口を押さえ、棒立ちになっている。

六

「カカさまっ」

「さあ。もう大丈夫ですよ」

居間の行灯一張《ひとはり》の灯りのなかに、冴は佳奈の肩を抱き、一林斎の帰りを待っている。奇妙な死体が三体……佳奈にはあまりにも衝撃だった。

包帯を巻いているあいだ、浪人二人は筋肉の弛緩《しかん》していくなかに、手当てを受けて

いると思ったかも知れない。せめてもの供養に名と出自《しゅつじ》を訊いたが、

「――うううっ」

応《こた》えはなく、心ノ臓が鼓動を止めた。

「――この者がナゲイです」

声を這わせたのはハシリだった。自分が体当たりで腹を刺した相手だ。

一林斎が近寄り、

「――投下《なげ》伊助どのか」

匕首で深く刺したのだから、刃を抜くなり出血が最も多かった。血止めのさらしを巻きながら一林斎は訊いた。

さすがは薬込役か、

「――名は……ない」

応え、

「――やはり……」

と、目を閉じた。刺し込まれたのが、安楽膏であることを覚ったようだ。

一林斎は手を止め、合掌した。

その三体をいま、一林斎とイダテン、ロクジュ、ハシリの四人が神田川へ捨てにで

はない、弔いを兼ね流しに行っている。死体は今宵のうちに柳橋《やなぎばし》を経て大川《おおかわ》（隅田《すみだ》川）に入り、江戸湾に押し流されることであろう。

半刻ほどを過ぎ、町々の木戸が閉まる夜四ツ（およそ午後十時）にはまだかなり余裕のある時分に帰って来た。一林斎とイダテンだった。ロクジュは死体を流したその足で赤坂の木賃宿に戻り、ハシリはイダテンの長屋へ帰った。

霧生院の居間では何年ぶりになろうか、蒲団を川の字に敷いた。佳奈がせがんだのだ。一林斎と冴にはさまれ、ようやく落ち着きを取り戻したか、行灯の火を吹き消してから、

「なぜ？」

佳奈は訊いた。イダテンは療治部屋に寝ており、声は聞こえない。

（応えねばなるまい）

一林斎も冴も感じ取っている。

一林斎が静かに言った。

「われらを差配しておいでのお方はなあ、ほれ、佳奈も知っていよう」

「えっ」

佳奈は首を一林斎の蒲団のほうへ向けた。

冴は、一林斎のつぎの言葉を覚《さと》った。

「内藤新宿の鶴屋で、おまえが鍼を打って差し上げた……」

「えっ。徳田の爺《じじ》さま!?」

「そうじゃ」

「あのお方……」

佳奈は小さく声を上げ、

（ならばあのとき、トトさまは徳田の爺さまから、なにか下知を受けられたのか）

独り合点した。あとには寝息であろうか、かすかに聞こえた。

実際あのとき、一林斎は光貞から下知を受けていた。

「――源六だけではない。佳奈の身も、慥《しか》と護るのじゃ」


翌朝、佳奈が目を覚ましたのは日の出のころだった。

「あれ？」

両脇にいるはずの〝両親〟がいない。

眠い目をこすりながら縁側に出ると、

「あれーっ」

昨夜の跡がない。

一林斎と冴、それにイダテンが庭に出て、部分的に土を入れ替えて昨夜の痕跡を消し、踏み入った薬草畑も畝《うね》が元通りになっている。

水を汲んだ桶が置かれている。あとは壁や戸板に血痕が飛び散っていないかを見るだけだった。

飛び散っていなかった。

昨夜の策で、対手を瞬時に斃《たお》すことはむろん、そのときに血の飛び散るのを最小限に抑えるのも、重要な要素だったのだ。

「さあ、終わった」

一林斎は伸びをした。痕跡を消すことによって、昨夜来の策が終了となるのだ。

血痕の拭き取りに用意した水桶でイダテンが手足を洗い、

「それじゃあ、あっしはこれで」

「あれ、伊太さ、いえ、イダテンさん。ここで朝餉を」

帰ろうとするイダテンに、佳奈はあわてて縁側から声をかけた。

「いや。イダテンには急ぎの印判の仕事があってのう」

言ったのは一林斎だった。仕事と言われれば、佳奈は引き下がらざるを得ない。

「へえ、お嬢。そういうわけで」

イダテンは冠木門を走り出た。庭の始末をつけ、すぐに帰るのが、この日最後のイダテンの仕事だった。朝餉の膳を共にし、その場で佳奈からなにか質問されては困る。〝徳田光友〟の名を出され、首をかしげたりすると、一林斎の言葉に佳奈が疑念を持つことになる。昨夜の衝撃の現場にも、〝徳田光友〟の名を出すことによって、佳奈は〝霧生院〟の立ち位置をなんとなく得心しているのだ。それを崩してはならない。

「さあ、佳奈。遅くなりましたが、台所に早く火を」

「はい」

佳奈は素直に縁側から身をひるがえした。

膳がととのい、佳奈が一膳ずつ居間に運んできたとき、一林斎と冴は思わず顔を見合わせた。

「さあ、できました。父上、母上」

佳奈は言ったのだ。トトさま、カカさまではない。その挙措も、なんとなく大人びて見えた。

陽がすっかり昇ってから、

「さあ、きょうも庭の手入れをしましょうかい」

と、冠木門をくぐった留左は、

「おっ、畑。きのう手を加えたのですかい」

と、それ以上に気づくものはなかった。佳奈も、昨夜の一件は話さなかった。いつも出入りしている留左にも秘密を持つ。これも佳奈には、霧生院の娘としての修練になろうか。

七

留左が一林斎に言われ、大川から江戸湾の河口あたりの噂を拾って来たのは、霧生院の庭の痕跡を消してから二日目のことであった。

「聞きやしたぜ。土左衛門《どざえもん》でさあ」

庭に入るなり縁側へ斜めに座って言った。陽が西の空にかたむきかけた時分で、待合部屋にも療治部屋にも患者が入っており、一林斎に冴、佳奈もそろっていた。明かり取りの障子は開け放されており、留左の声にいずれもが、

「えっ」

と、縁側のほうへ顔を向けた。

「おっと、先生。よござんすかい、ここで」

「おう。話せ」

「へい」

鍼の手を止めて言った一林斎に留左は応じ、話しはじめた。

両国橋の近くの杭《くい》に、浪人者らしい水死体が引っかかっていたらしい。きのうの朝のことで、橋番人と町の者が竹竿で岸辺に引き寄せようとしたが、あと一息というところで死体は竹竿から離れ、下流に流されながら見えなくなってしまったというのだ。

「そりゃあ浪人者と分かり、わざと滑らせたのではないのかね」

「そうそう、きっとそうだ」

待合部屋にいた腰痛の婆さんが言ったのへ、療治部屋で五十肩に鍼を打ってもらっていた左官職人が返した。

考えられることだ。行き倒れや水死体があった場合、自身番に運んでも身許不明ならその処理はすべて町の負担になる。それに幾日も死体を預からねばならない。手っ取り早く他の町に押しつけるのが得策だ。さいわい両国橋なら江戸湾の河口に近い。

沖に流されてしまえば、誰に迷惑がかかるわけではない。

「それに、あの近辺で幾度も聞きやしたぜ」

留左はつづけた。

「――川に足を滑らせたのか、誰かに殺されたのかは分からないが。風体からして乱暴者で、殺しならきっと、ほれ、いわくありの輩《やから》が幾人か立てつづけに殺《や》られていただろう。その類《たぐい》だぜ」

「――そう、それに違いないですよ。橋番の爺さん、よく竿を滑らせてくれました。無縁仏でも供養なんて、まっぴらですからねえ」

近辺の住人は、男も女も言っているらしい。皮肉というか、ナゲイたちは自分たちのつくり出した噂に、自分たちが嵌《は》まってしまったことになる。

療治部屋と待合部屋の患者からも、可哀相にとの声は出なかった。そればかりか、腰痛の婆さんなどは、

「その浪人、どんな悪いことしていたんじゃろねえ」

「そんなのは分からねえ。いまごろはもう、どっかで魚のエサよ」

留左は言ったものだった。

佳奈はなにも知らないようすで薬研を挽き、薬湯の調合をしていたが、心ノ臓は高

鳴り、手がかすかに震えていた。

その夜、一林斎と冴が線香を立て、般若心経を誦《ず》している背後で、佳奈は凝っと端座していた。

ロクジュが行商人姿で来たのは、その翌日の夕刻近くだった。蚊帳を幾張か包んだ風呂敷包みを背負っている。

いまもなお蚊帳売りの触れ込みで、浪人二人とマタギの又市が寝泊まりしていた木賃宿に陣取っている。そのロクジュが来るのを、一林斎は待っていた。

患者は療治部屋の一人だけになっていたので、待合部屋で順番を待った。火急の用ではなさそうだ。

だが一林斎と冴は、連日緊張のなかにあった。

（ナゲイが矢島鉄太郎に、神田須田町の霧生院に仕掛けることを話していたかどうか。ナゲイの単独の行為だったのか）

そこが分からない。もちろん冴と額を寄せ合い、懸念を吐露しあった。だが、二人でいくら話しても結論が出るものではない。極度の警戒のまま、その日その日が過ぎていたのだ。

ロクジュの順番が来た。きょう最後の患者だ。

「異変はないか。あのマタギはどうしている」

「へえ、それなんですがね」

衣装にふさわしい口調で話しはじめた。

浪人二人がぷつりと消息を絶ってから丸三日が過ぎている。木賃宿ではそのようなことは珍しくもないが、又市にとってはそうはいかない。心配になって川越屋に足を運んだ。

「それがきょう午過《ひるす》ぎのことなんで。実はあっしも、この格好で一緒に行きやした」

佳奈も冴も、まだ療治部屋にいる。

「川越屋の老爺《おやじ》も首をかしげておりやして。たまたまお客が少なかったもので、いまからちょいと屋敷へ訊きに行くといって出かけ、あっしは又市と一緒に川越屋で猪鍋《ししなべ》をつつきながら待っておりやした」

紀州藩上屋敷では、矢島鉄太郎がすぐに出てきたという。一両日といった期限が過ぎたというのに、ナゲイと連絡が取れないのだ。両国橋に浪人らしい土左衛門が流れていたという噂はつかんでいた。

「もしや、と逆に老爺は訊かれたそうで。知るわけがありやせんや」

話はあの夜の件に入った。

「あら、もう陽が沈みそう。わたし、台所のほう、用意してきます」

不意に佳奈が口を入れ、席を立った。

「ふむ」

一林斎はうなずき、冴も無言でうなずきを示した。

一緒に聞きたいはずだ。だが、もうトトさま、カカさまではない、

(父上も母上も、なにやら秘密の役務を負っておいでじゃ)

脳裡にめぐったか、分をわきまえている。それとも、一林斎や冴が話しやすいようにとの配慮か。この数日で、佳奈は二年も三年も成長したように見える。あの日の出来事は、佳奈にとっては人生を一変させるほどの衝撃だったのだろう。

「ほう」

ロクジュもうなずきを見せ、話をつづけた。

首をかしげる老爺に、

「――みょうな詮索はしなくてもよい。しかし、ナゲイの噂を耳にしたなら、すぐわしに知らせよ」

矢島鉄太郎は言ったらしい。

川越屋では猪鍋をつつきながら、又市はロクジュに、

「――わし、なんだか気味が悪い。もう山に帰《けえ》るだよ。ナゲイの旦那には薬草のこと、いろいろと教えてもろうた。帰って、マタギの仲間に教えてやると、きっと喜ばれるだよ」

真剣な顔で言ったという。

ほどなく老爺が戻ると、又市は屋敷でのようすを訊くよりも、マタギの生活に戻りたいと話したという。老爺もナゲイには薄気味悪さを感じていたようで、

「それがいい、それがいいとしきりに勧め、また生きのいい猪を頼むぞと肩を叩き、さっそくきょう荷物をまとめ、あしたの朝早く帰ることになりやした。郷国《くに》は川越のさらに奥のほうらしいでさあ」

「そんなに急いで」

冴が声を上げ、一林斎も、

「ふむ。それがよい。あのマタギの又市にはなあ。変わった商いもあったものよと思うたが」

満足そうに言った。

ロクジュの話はそこまでだった。

矢島鉄太郎が、ナゲイから霧生院のことを聞いていたかどうか、まだ分からない。

「それにつきやしては、氷室章助どのにはあっしから話しておきやしたので、上屋敷の中を探っていると思いやす。小泉忠介どのとヤクシには、あしたあっしも赤坂の木賃宿を引き払って千駄ケ谷に戻りますで、催促しておきまさあ」

ロクジュもやはり夕餉を共にするのを避けるように腰を上げた。佳奈は気を利かせたとはいえ、くつろいだ座になると、つい訊きたいことが出て来よう。

ロクジュを見送ったあと、冴は声を低め、ぽつりと言った。

「綱教さまに打ち込んだ埋め鍼、まだ効きませぬか」

綱教さえぽっくりと逝《い》けば、状況は一変する。安宮照子に打ち込んだとき、四月《よつき》で効をあらわした。綱教に打ち込んでからも、それに近い月日がながれている。

「こればかりは、儂にものう」

一林斎は眉間に皺《しわ》を寄せた。

川越屋の老爺が、矢島鉄太郎を訪ねたすぐあとのことである。

矢島は上屋敷中奥《なかおく》の一室で、綱教の面前に座し、恐縮の態になっていた。

「わけが分からぬではないか。頼方を討ち取る機会を逃したばかりか、尾州より呼び寄せた薬込役も行方知れずとは、いったいどういうことか！」

「ははーっ」

矢島は平伏し、畳に額をすりつけるばかりであった。

「えぇい、かくなる上は尾州より和田利治の配下ではのうて、和田本人を江戸に呼び寄せよ。国家老の布川又右衛門には、早う児島竜大夫を始末するよう、再度わしから下知しておこうぞ」

「殿！　その儀はしばらくお待ちをっ」

矢島は顔を上げた。江戸での仕掛けを失策《しくじ》れば、つぎの機会は来春に頼方が国おもてに帰るときである。

（そのときこそ）

矢島はナゲイたちが江戸潜みに葬られたと直感すると同時に、早くも算段した。そのときに差配できるのは和田利治を措《お》いて他にはいない。その人物を危険な江戸に呼び寄せるのは下策である。

矢島が敢えて綱教に顔を上げ、異論を唱えた理由は、それだけではない。

いま国おもてで布川又右衛門が児島竜大夫に仕掛けたなら、逆に布川の命が危うくなることを、綱教は解していない。藩の仕組ではいかに薬込役が藩主直属とはいえ、国おもてで薬込役を差配しているのは児島竜大夫であり、竜大夫は現藩主の綱教よりも、隠居の光貞を奉じているのだ。かといって光貞を排除しようとすれば、紀州徳川家の親子相争う天下のお家騒動になることは、奥御殿で甘やかされて育った綱教にも分かろう。

「うーむむむっ。そうなれば、将軍位は遠ざかる……。鉄太郎、なんとかせい、なんとか！」

「ははーっ」

歯ぎしりする綱教に、矢島鉄太郎はふたたびひれ伏した。

その頭上に綱教の声はながれた。

「なあ鉄太郎よ、心するがよいぞ。余が将軍位に就いたれば、その方の栄華も思いのままとな」

「ははーっ」

矢島は再度、畳に額をこすりつけた。

五　攻勢

一

下屋敷の小泉忠介と上屋敷の氷室章助からの報告が、それぞれ千駄ケ谷のロクジュと赤坂のイダテンを通じて一林斎の耳に入ったのは、マタギの又市が郷国の川越の山奥に帰ってから数日後だった。

――綱教《つなのり》公にも矢島鉄太郎どのにも、江戸潜みの影さえつかんだ兆候なし

どうやらナゲイの投下《なげ》伊助は〝霧生院が怪しい〟と、矢島に報告していなかったようだ。

「ふむ」

一林斎はうなずいた。遠国潜みの者は、一度下知《げじ》を受けると、事の成就までいちい

ち途中経過を報告したりはしない。

（やはりあの者もわれらとおなじ、薬込役であったものよのう）

と、そこにうなずいた。あらためて一林斎は両手を合わせ、名も知れなかった浪人二人のためにも合掌した。

さらに矢島は、藩邸内に潜みが潜んでいることにも、まったく気づいていないようだ。そのはずであろう。ナゲイが行方知れずになった数日、小泉忠介もヤクシも氷室章助も、きわめて日常のごとくそれぞれの屋敷内にいたのだから。

ロクジュは小泉の言葉も伝えた。下屋敷で源六が、人が変わったように学問と武道に励んでいるというのだ。

「ほう。光貞《みつさだ》公の薫陶かのう」

「小泉どのもそのように話しておりました」

一林斎が言ったのへ、ロクジュは応えた。

源六がそうであれば江戸潜みの者は、当面は不意の警護に走ることもなくなる。

そうした安泰のなかに、霧生院に竜大夫からの符号文字の文《ふみ》が届いた。夏も大詰めの水無月《みなづき》（六月）に入ってからすぐだった。

日本橋にある三度飛脚の取次処の前でハシリに会い、中身を急遽ハシリ着到《ちゃくとう》に書き換えたあの文に対する返書だった。ナゲイを屠《ほふ》ったことを認《したた》めた文は、ちょうどいまごろ和歌山城下に届いていようか。

竜大夫は江戸の一林斎とほとんど同時に封を切り、一林斎が思ったように、

（またも行き違いになったか）

と、苦笑しているかも知れない。

一林斎が開いた竜大夫の封書には、新たな下知が認められていた。

尾州潜みの和田利治の配下に、投下《なげ》伊助なる手裏剣の名手がいることが記され、

――この者らを屠り、頼方《よりかた》公参勤交代の道中を安堵せよ

竜大夫は、矢島鉄太郎の考えそうなことを見抜いていた。

その下知の一端であるナゲイこと投下伊助を、すでに屠ったことを一林斎からの文で知り、

『ほう』

竜大夫は驚くと同時に、うなずいたことであろう。

「よし」

一林斎もうなずいた。

さっそく呼集をかけた。

赤坂のイダテンに文を届けたのは留左だ。以前のように、薬草の処方箋などと言いつくろう必要はない。留左は中身を訊くこともなく、赤坂に走った。

数日後、いつもの〝頼母子講〟で日本橋北詰の割烹に顔をそろえたのは、一林斎を頭に小泉忠介とロクジュ、イダテンにハシリの五人だった。小泉をのぞき、いずれも屋敷外に居住している者ばかりだ。

「ヤクシも氷室章助も出たかったのですが……」

座につくなり、小泉は二人を代弁するように言った。

比較的自儘《じまま》の利く小泉はともかく、ヤクシは下屋敷で、氷室は上屋敷で、それぞれ役付中間である。ナゲイが秘かに葬られたことから、屋敷内に外と連絡を取り合っている挙動不審な者はいないかと、矢島鉄太郎がいっそう目を光らせている。わずかの不審感も与えてはならないのだ。

――決して無理をしてはならぬ
一林斎も、文にそう認めていた。

「きょうはのう……」

と、一林斎が児島竜大夫からの文を示し、一同は鳩首《きゅうしゅ》に入った。

ナゲイのときと同様に、争闘の跡を残してはならない。戦って殺したのならば、綱教は犯人への追捕を公然と家臣団に命じ、薬込役の組織そのものを押しつぶす口実にすることができる。

「ナゲイが行方知れずになったことは当然、名古屋の和田利治にも伝わっていましょう。われらの追撃があるのではないかと、いまが最も警戒しているときだと推察いたします」

言ったのは小泉忠介だった。

異論はなかった。

江戸潜みの者にとって時間的な余裕を持てるのは、おもて向きは尾州潜みも薬込役大番頭《おおばんがしら》の支配下にあり、竜大夫が移動の下知を出さない限り、和田は尾州を離れられないという点である。

矢島鉄太郎を通じて綱教の下知を受けたとき、自分は動けずナゲイを出したのも、この薬込役の仕組のためだった。このとき和田利治が出ていたなら、竜大夫は和田を抜忍として公然と城下の薬込役を和田追討に繰り出すことができただろう。それはすなわち、紀州藩の内紛をおもてに出すことになる。頼方こと源六がお国入りでふたたび名古屋を通り、和田利治が綱教の下知を受けて襲うにしても、その痕跡を微塵も残すことは許されない。陰陽師の式神たちが安宮照子の要請で動いていたときとは違い、双方ともおなじ足枷《あしかせ》のもとに、まるで薄氷を踏む思いで事を進めているのだ。竜大夫が和歌山城下の組屋敷から名古屋へ刺客を放たないのも、城代の布川又右衛門の目を警戒してのことである。

この危うい構造のもとに、対手は逃げも隠れもしない……。

「出陣は、秋ごろとしよう」

一林斎は時期を定め、要員についてもこの場で話し合った。動くのはナゲイたちを消し去ったときと同様、イダテン、ハシリ、ロクジュの三人とした。屋敷内の矢島鉄太郎に察知されないためである。

鳩首が一段落し、部屋から緊張の色が消え、昼の膳が運ばれた。

箸が動きはじめたなかに、イダテンが言った。

「いやあ、お嬢がわれらの立ち位置を解してくれてからというもの、動きやすうなりましたわい。それに、留さんに気を遣うこともなくなったし」

「そうそう。急患の芝居を打たなくてもすみますしなあ」

ロクジュもうなずいた。

小泉忠介も相槌を打ちながら笑顔をつくっていたが、目は笑っていなかった。内藤新宿の鶴屋で佳奈が光貞に対面したとき、二度とも立ち会っている。

小泉の目は、ちらと一林斎に向けられた。

一林斎はその目に応じるように口を開いた。

「うーむ。儂も冴もやりやすうなった。したが、氷室章助にはのう、霧生院《うち》に来るときには充分気をつけるように言うておいてくれ」

座に瞬時、軽い緊張の糸が張られた。

一林斎がまだ城下潜みで和歌山に薬種屋の暖簾を張っていたころ、少年の源六が屋敷を抜け出し城下の一林斎の薬種屋に走り、幼い佳奈を連れ田畑に川原に海浜にと走っていたとき、屋敷から薬種屋まで見え隠れしながら付き添っていたのが、中間姿の氷室章助だった。

源六も佳奈も、氷室章助の顔は覚えているだろう。その氷室を佳奈が見たなら、驚くと同時に、みるみる記憶をよみがえらせ、

『あのときのお中間さん⁉ 源六の兄《あに》さんはいまどこに！』

訊くのは必定である。

（そこを、気をつけろ）

一林斎は言ったのだ。

「組頭」

小泉は一林斎を凝視した。どちらも、真剣な表情だ。

「そういうことだ」

一林斎はまたその視線に返した。

（佳奈は源六君の妹ではない。霧生院の子じゃ。儂と冴の……）

言外に、江戸潜みの面々へあらためて明言したのだ。

座の者はうなずいた。

きょうの談合は一林斎にとって、尾州潜みの件はもとより、このことを慥《しか》と言明するのも、重要な目的の一つだった。

二

夏の暑い盛りである。

「公用のとき以外は、屋敷で書見台《しょけんだい》に向かっておいでのようです」

ロクジュが知らせて来た。

霧生院の冠木門を入ったとき、佳奈が一緒だった。患家へ薬草を届けに出かけ、その帰りに、

としたが、

「──あれれ、ロクジュさん」

と、霧生院のすぐ近くで出会ったのだ。一瞬ロクジュは腰を曲げ腹を押さえようと

(あ、もういいんだ)

蚊帳《かや》を包んだ風呂敷包みを背に腰を伸ばし、

「──これはお嬢。いまからちょいと一林斎先生に所用で」

「──あら。それはご苦労さまです」

と、佳奈は薬草入れの篭を小脇にロクジュの横にならんだ。

『どんな用事』

とも、

『どこにお住まいかしら』

とも、訊かなかった。霧生院の立ち位置から、

(訊いてはいけないこと)

佳奈は自覚しているのだ。

庭に入ると療治部屋のほうへ走って縁側越しに、

「──父上。ロクジュさんが」

声をかけていた。

居間に通され、一林斎が入って来るなり、

「――組頭。お嬢は急に大人になられましたなあ」

ロクジュは言ったものである。

一林斎は大きくうなずいていた。

小泉忠介やヤクシが、ロクジュに伝えた源六のようすに、

「ふむ。頼方さまは、さらに成長されたということだな」

一林斎は言った。

奥の部屋で明かり取りの障子を開け放し、風通しをよくして書見台に向かい、庭にヤクシを見かけると話しかけ、下りて憐み粉の調合を手伝ったりもするという。

そのときの頼方こと源六の胸中を一林斎は解した。

（なにがお犬さまか。諸人《もろびと》が迷惑しているだけではないか）

世間を知る源六なら思うはずだ。だが、ヤクシには話していないようだ。

（それもまた、身近にいる光貞公の薫陶であろう。源六君が大名としての身分を、わきまえた証《あかし》か）

一林斎は証《しょう》を立てた。

その夜、冴と一林斎は、行灯《あんどん》の灯りのなかに話した。

「しかし、おまえさま。安堵は禁物です。

「そうだなあ、源六君のことだ。いつなんどき、油断はできぬ」」

幼少より不羈奔放《ふきほんぽう》だった源六の性格を、誰よりもよく知っているのは一林斎と冴なのだ。

この年は、源六が葛野藩《かずらのはん》三万石の藩主・松平頼方として初めての参勤交代による江戸暮らしであるため、それなりに緊張しているのであろうか。そこにしばし得ている一林斎と冴の安堵もまた、薄氷の上のものかも知れない。

暑い日が続いている。

千駄ケ谷から〝頼方公、お忍び外出〟の火急の知らせもなければ、赤坂からも〝矢島どのに不穏な動きあり〟との報もない。

だが、霧生院に緊迫する事態はあった。

播州赤穂藩《ばんしゅうあこう》の浅野内匠頭長矩《たくみのかみながのり》である。内匠頭の癇癪《かんしやく》持ちで持病の痞《おこり》には一林斎も、

（五万三千石のお大名があれで大丈夫か。ご家中のご苦労はいか許《ばか》りか）

思い起こすたび、気になっていた。

綱吉将軍の、大名たちを湯島聖堂に集めて行なう独《ひと》り善《よ》がりの論語の講釈も、得々と続いていた。

湯島聖堂は神田須田町から近く、聖堂へ通うのに神田の大通りを道順にしている大名家は多い。講釈のある日などは諸大名の権門駕籠が行き交い、そのたびに往来人は荷馬も大八車も道を空けねばならず、

「ちっ、またかい」

と、沿道から恨み節の声が洩れるのも毎度のことであった。

「まただぜ、のろのろと通っていやがる」

留左が愚痴をこぼしながら霧生院の冠木門をくぐったのは、夏の太陽が中天にさしかかった午《ひる》近くだったから、講釈を聞かされた帰りの駕籠であろう。

大名の権門駕籠が市中を進むとき、供先《ともさき》の武士が、

「寄れーっ、寄れーっ」

と、声を張り上げ、そのうしろを幾人かの水桶を持った中間が続き、柄杓《ひしゃく》で水を撒きながら進む。お供の足元から上がる土ぼこりが、駕籠にかからないようにとの配慮である。

沿道の商舗などは、空になった水桶を手に、

「すまねえ。水を、水を」

と、飛び込んで来る中間に、

「へい、へいへい。どうぞ」

と汲んでやるのは、沿道の町々の風物詩でもある。枝道をいくらか入った霧生院にまでは、そうした奴《やっこ》さんが駈け込んで来ないのはさいわいだった。

だが、駈け込んで来た者がいた。

三

浅野家側用人《そばようにん》の片岡源五右衛門だった。中間を一人ともなっている。

さすがは片岡か、冠木門までは走っていたが、庭に入ると縁側越しに、

「申しわけござらぬ。急患にて、ちとご足労願えまいか。すぐ近くでござる」

落ち着いた口調で言った。

片岡は、誰がとは言わなかったが、縁側に出た一林斎は即座に解した。陽射しのきついこの天候に、

（痞ではあるまい。暑いなかに精神的なものが加わった暑気あたりか）

推測し、

「佳奈。ついて参れ、代脈《だいみゃく》じゃ。留左はすぐ枇杷葉湯《びわようとう》を水筒に入れ、あとからでもよいから持って来てくれ」

言うと薬籠《やくろう》を小脇に、留左の道案内に中間を残し、片岡と冠木門を出た。

「父上、それはわたくしが」

佳奈は勇んであとにつづいた。

待合部屋から三人ほどが顔をのぞかせ、

「さすがは霧生院じゃ。お武家も頼りなさっておるわい」

「そう。その先生にわしらは診てもろうておる」

療治部屋には冴が残っているから、療治が中断することはない。奥では留左が大張り切りで浅野家の中間に手伝わせ、薬桶《やくおけ》の枇杷葉湯を一升徳利に入れている。留左にしては薬草採りにはもう幾度も行ったが、急患の療治に手伝いの声がかかったのはこれが初めてだ。

夏場、霧生院では枇杷葉湯を常に用意している。枇杷の葉と肉桂《にっけい》の樹皮を甘茶で煎じた暑気払いの薬湯である。一度で大量に煎じることができ、安価なものだが暑気払いや目眩《めまい》などによく効く。

急ぎ足のなかに片岡は話した。

「お駕籠のごようすがおかしいのでのぞいてみると、額には汗が吹き出し意識朦朧《もうろう》とされ、息苦しそうに胸をお押さえになっておいでじゃった」

果たして浅野内匠頭である。

「ふむ」

一林斎はうなずいた。暑いなか長時間部屋に閉じ込められ、綱吉将軍の論語の講釈であれば姿勢を崩すこともできず、しかも帰りにはさらに狭い駕籠の中である。痼癪持ちに痞の病持ちでは無理からぬことである。

「私用のご外出なれば寺井玄渓《てらいげんけい》どのが付き添われるのじゃが、ご聖堂ではそうもいかず、よろしく頼みますぞ」

早口に片岡は言った。寺井玄渓とはすでに昵懇《じっこん》であり、一林斎が紀州徳川家秘伝のお犬さま対策の憐み粉を秘かに伝授したのは、浅野家侍医の寺井玄渓と片岡が霧生院に来たときであった。

公務で外出のとき、侍医が付き添っていたのでは、浅野はなにやら病持ちとおもてに知らせるようなものである。片岡が〝よろしく〟と言ったのは、〝ご内聞に〟という意味である。

「むろん」

一林斎は返した。

うしろには佳奈が薬籠を抱えるように持ち、なかば駈け足でつづいている。

（患者はきっと浅野のお殿さま）

佳奈も勘付いている。以前、内匠頭が神田の大通りで痞を発症し霧生院に担ぎ込まれたとき、療治に立ち会っている。

神田の大通りに出てからすぐだった。沿道の料亭を借り切り、奥の部屋に内匠頭は寝かされていた。内匠頭の持病を知る者は家中でも一部に限られ、もちろん料亭の者は遠ざけ、部屋の隅に端座しているのは年若い側用人の礒貝《いそがい》十郎左衛門一人だった。

汗をかき、蒲団をはねのけ、苦しそうな激しい呼吸に意識は朦朧としている。

「おぉ、一林斎どの！」

礒貝は一林斎の顔を見るなり安堵の表情になった。

廊下に控えている武士に水桶を用意させ、手を清めるとさっそく療治が始まった。

「さあ、うつ伏せにお願いいたしまする」

佳奈に片岡と礒貝が手伝うかたちになり、一林斎は背の心兪《しんゆ》から厥陰兪《けついんゆ》、神堂《しんどう》といった、動悸を鎮め息苦しさをやわらげる経穴《つぼ》に鍼を打ちはじめた。気血の流れに刺激を与えるのだ。

「おお」

片岡が声を上げた。うつ伏せた内匠頭の表情に、症状のやわらいできたことが感じられる。

廊下に足音が立った。一升徳利を二つ抱えた留左だ。中間は屋内に入れない。武士にいざなわれ、

「先生」

襖の外から声をかけた。

徳利だけが部屋に入れられ、湯飲みは二つ用意された。

内匠頭は身を起こし、胡坐居《あぐらい》に座っている。その上体を礒貝が支え、一林斎は二つの湯飲みに枇杷葉湯をそそぎ、

「さ、片岡どの」

「ふむ」

一林斎にうながされ、片岡はその一椀をさりげなく口にした。言葉で〝毒見を〟などと言ったのでは、言うほうも言われるほうも角が立つ。そこは一林斎も片岡も心得

ている。一口飲み、

「うむ」

片岡はうなずいた。

「さあ、お殿さま」

佳奈がうやうやしく片方の椀を捧げ持ち、内匠頭に差し出した。

「おぉ、おまえはいつぞやの療治処の娘であったのう。ふむ。利発そうな娘じゃ」

と、内匠頭は佳奈を覚えていた。

差し出された枇杷葉湯を、二杯、三杯と飲んだ。

みるみる内匠頭の症状は消え去った。

「礼を言うぞ。ふむ。佳奈と申すか。いい名じゃ」

機嫌も直っている。

一林斎と佳奈は半刻（およそ一時間）ほどで部屋を辞した。

玄関まで見送った片岡に、

「心ノ臓に異常はないゆえ、ご安堵召されよ」

一林斎はそっと言い、

「それにしても……」

「それを申されるな」

　さらに続けようとしたのを片岡はさえぎった。一林斎がなにを言おうとしたか、片岡には分かっている。内匠頭の痞の病を知っているのは、ごく一部の家臣と奥方の阿久里《あぐり》、それに侍医の寺井玄渓を除いては、一林斎のみなのだ。もちろん、冴も佳奈も知っているが……。

　帰り、

「へへ。ありゃあきっとお大名ですぜ。お付きの家来衆が、十人や二十人じゃなかったから」

と、廊下までだったが、そこに付き合った留左は上機嫌だった。空になった一升徳利を二つ、肩に引っかけている。

「留、患者について口外は無用ぞ」

「へい。分かってまさあ」

　釘を刺され、留左はなお上機嫌で返事をした。

　霧生院に戻ると、なんとそこに左右田孫兵衛《そうだまごべえ》が縁側に腰かけ、一林斎の帰りを待っていたではないか。吉良家の家老だ。冴も縁側に出て端座している。庭には中間が一人、片膝を地につけていた。

「まあ、左右田さま！」

佳奈は冠木門から縁側まで小走りになった。

療治部屋にも待合部屋にも患者がいない。

一林斎が冴に、

『どうした』

と、訊くよりも早く左右田孫兵衛が縁側から腰を上げ、

「おぉ、一林斎どの。お待ち申しておりましたぞ」

「いかがなされた。吉良さまのお具合がまた……？」

一林斎は問い、二人は縁側の手前で立ち話のかたちになった。

孫兵衛が言うには、いま吉良上野介が湯島聖堂で意識を失いかけ、休んでいるらしい。綱吉将軍の講義があり……と、聖堂に出かけた用件までは言わなかったが、

（吉良さまの年勾配《としこうばい》では、長時間端座しての緊張が障《さわ》られたか）

一林斎は一応の証《しょう》を立てた。浅野内匠頭とおなじ暑気あたりである。

「蒸すなかで長い端座のあと、休む間もなく柳営のお人としばらく話し込まれましてのう」

孫兵衛は言う。論語の講釈のあと、なにやら将軍家御側御用人《おそばごようにん》の柳沢保明《やなぎさわやすあき》（元禄

れたのだろう。

十四年に吉保《よしやす》と改名）とでも話し込み、それで内匠頭たち大名家と退出する時間がず

「いまから参るゆえ、療治部屋を空けておいてくれぬか」

とのことだった。

「それで待っている患者さんたちも納得し、さいわいいますぐ診なければならない人もいなかったものですから」

廊下に端座している冴が言った。

「あらーっ。また吉良さまがおいでになるのですか」

佳奈が声を上げた。

吉良上野介が聖堂の帰りに、急患で霧生院に立ち寄ったのは去年の冬だった。このときは長時間の緊張と寒気で体内の気血のめぐりが滞《とどこお》って意識を失い、ただちに療治しなければ死に至るかも知れないといった血瘀《けつお》の状態だった。このときの療治で浅野家とおなじく、一林斎は上野介や孫兵衛をはじめとする吉良家家臣の信を得た。

つぎに一林斎が上野介に呼ばれたのは、今年の春で増上寺だった。源六が大名の参勤交代で江戸入りするすこし前のことだ。

将軍家にまつわる法要で、軽症だったがやはり血瘀だった。このとき一林斎は佳奈

を代脈として連れて行き、利発な佳奈を上野介は大いに気に入り、声をかけ内藤新宿での光貞のように菓子まで賜《たまわ》った。

一林斎が上野介から、これからもよしなにと、外出時における侍医に指名されたのはこのときからである。

庭に控えていた中間がすぐさま湯島聖堂へ伝えに走り、ほどなく上野介の権門駕籠が霧生院の冠木門をくぐった。

佳奈が、

「上野介さま、ごようすはいかに」

と、駕籠の前まで迎えに出た。

暑さのせいであろう。やはり大量に汗をかく暑気あたりだったが意識は失っておらず、若い内匠頭よりも軽症だった。

おなじ施術で上野介は生気を取り戻し、そのあいだにも上野介は、

「おうおう、かわゆい上に利発な娘御じゃ。霧生院はいい娘に恵まれたのう」

と、幾度も目を細めていた。

光貞に佳奈を褒められたときは一林斎も冴も複雑な思いであったが、上野介に褒められると、

「恐れ入ります」

と、素直に嬉しさが込み上げてくる。

三人そろって冠木門まで出て吉良家の一行を見送ったあと、

「どうじゃ、佳奈。つぎはおまえが吉良さまに鍼を打ってみるか」

「えっ、父上。吉良さまはお許しくださいましょうか！」

一林斎がさりげなく言ったのへ、佳奈は舞い上がるほどの気分になっていた。

内匠頭を診た料亭で、また上野介が療治部屋に入っているとき、まるで霧生院の下男のようにふるまっていた留左も、

「へへーん。さすがだぜ、この霧生院はよう」

と、その霧生院の秘密めいた立ち位置を打ち明けられていることに、この上ない満足感を覚えていた。

このときも、一林斎も冴も意識していなかったが、わずかの差で浅野家の片岡源五右衛門が、吉良上野介と顔を合わせることはなかった。

上野介が初めて霧生院で療治を受けた日、片岡源五右衛門と寺井玄渓がお犬さま対策の秘伝を訊きに霧生院に来ていた。庭に権門駕籠の停まっているのを見て、迷惑がかかってはならぬと、駕籠の一行が冠木門を出るまで、向かいの大盛屋で待っていた

のだ。だから片岡源五右衛門が見たのは吉良家の家紋である五三《ごさん》の桐《きり》が打たれた駕籠だけであり、上野介の姿も顔も見ていない。

もちろん片岡源五右衛門は上野介とのすれ違いを、このときはどうと思うこともなかった。

四

日中のうだるような暑さがやわらぎ、朝夕には涼しさを感じはじめたころ、療治の途中にふと、

「もう秋が来たのかのう」

「はい。そろそろです」

一林斎がふと言ったのへ、冴が艾《もぐさ》をほぐしていた手をとめて応じた。二人とも季節を話題にするにしては、みょうに真剣な表情だった。

「秋になれば寒い冬がすぐですじゃ。この腰、大丈夫ですかいのう」

「あらあら、お婆さん。もう去年のようには痛みませんから。ねえ、父上」

腰痛の療治を受けていた町内の婆さんが言ったのへ、佳奈が応えた。問われた一林

斎が、

「そ、そう。大丈夫じゃ」

「ほらね。以前にくらべ、普段から腰が軽うなったでしょう。それが治っている証《あかし》ですよ」

慌てたように応えたのへ、冴がすぐに補足する言葉をつないだ。

「ありがたいことですじゃ」

婆さんは言葉どおりに受け取ったようだが、佳奈は、

（ん？）

と、首をかしげる表情になったものの、

「ね、ほら。大丈夫でしょう、お婆さん」

言っていた。

一林斎の脳裡には、尾州潜みの和田利治への仕掛けがあった。それを冴は解し〝そろそろ〟と応えたのだ。

イダテンが、

「上屋敷にこれといった動きはありやせん」

と伝えに来たのは、この夏に初めて涼しさを感じた日だった。

ロクジュも来た。すでに蚊帳売りではなく、虫カゴを天秤棒にいっぱい引っかけていた。初秋の風物詩である虫カゴ売りだ。もちろん自分でつかまえたスズムシやコオロギも売っている。千駄ケ谷には野原が多く、虫捕りには事欠かない。

「あら、ロクジュさん。いい音色がいっぱい」

と、縁側にならべた虫カゴに、待合部屋の患者と一緒に佳奈が楽しそうに顔を近づけていた。

居間に入ってから、

「頼方公はときどき馬で早駈けに出かけておいでで、あとは屋敷で学問に」

ロクジュは話した。それも、

「近場で」

らしい。

「あっしも、行き帰りのお姿を幾度か見やしたよ。御年十六歳とは思えぬほどの偉丈夫で、さすがは光貞公の血を引いておいでやすねえ」

町人言葉で話した。

千駄ケ谷には幕府の御硝煙蔵と御鉄砲場があり、断りを入れればそこに広がる野原が格好の早駈けや乗馬修練の場となる。口利きが御三家紀州藩ご隠居の徳川光貞公とあっては、そこを管理する御先手組《おさきてぐみ》の役人まで出てきて、一緒に馬を駈っているらしい。ときにはそこが、流鏑馬《やぶさめ》の場にもなるそうな。

源六は自分が兄の綱教に狙われていることを知ってか、

「――警護の者に、余計な迷惑はかけられぬゆえなあ」

と、いつも付き添っている加納久通に言ったそうな。場所が幕府の御硝煙蔵や御鉄砲場であれば、それ自体がこれに勝る警護はない。もし逆の立場であったなら、一林斎でも仕掛けることはできないだろう。

そうした源六の日常を一林斎が冴に話したとき、

「埋《うず》め鍼《ばり》さえ、早く効いてくれれば」

行灯の灯りのなかで、またそっと言ったものである。

ロクジュの持ってきた話は、源六の近況ばかりではなかった。

「小泉どのが、もうそろそろではないか……と」

「ふむ」

一林斎はうなずいた。

実際に〝もうそろそろ〟である。ナゲイこと投下伊助が行方を絶ったことは、当然矢島鉄太郎から和田利治に連絡が入っていよう。俺にも追撃が……）

（――和歌山の組屋敷か江戸潜みの者から、
予測し、用心をしていたはずだ。ところがひと夏が過ぎてもその兆候すらない。いかに薬込役といえど、一息入れたいところである。そこを突くのが、一林斎の策だったのだ。

その数日後、談合が持たれた。鳩首したのは一林斎とイダテン、ロクジュにハシリの四人だ。前回同座した小泉忠介は来ていない。屋敷内の者は一人も動かず、矢島鉄太郎がいかに藩邸内に目を張り巡らしていたとしても、なんらの兆候も察知できないようにするためだ。

場所も変えた。甲州街道の下高井戸宿《しもたかいどしゅく》の旅籠・角屋《かどや》だった。かつて江戸潜みの者が京からの式神を迎え撃つときの拠点になり、一林斎が〝家族連れ〟で留左もともなって下高井戸へ薬草採りに行ったとき、休息の場にもした旅籠である。

「まあ、これはお江戸のお医者さま。きょうはご家族での薬草採りではございませぬのか」

と、女将《おかみ》や女中たちは懐かしそうに歓待した。あのときの鼻薬はまだ効いている。

「ちょいと見送る者がいてのう」

と、二階の部屋をとった。昼間の宿場の旅籠はどこでも空いている。そこを埋めてくれて、しかも気前のいいお客となれば旅籠は大歓迎だ。

静かな環境のなかに、談合は始まった。

「ナゲイと浪人者のときは、あの者らがすでに放たれた矢となっていたからなあ。是非もなかった」

開口一番、一林斎が嘆息するように言ったのへ、イダテンもロクジュもハシリも、神妙にうなずいていた。

鳩首は短かった。

昼の膳が運ばれ、それの終わったあと、ほんとうに見送る者がいた。

ハシリだ。来るときはイダテンとおなじ職人姿だったが、出たときには着物を尻端折に手甲脚絆をつけ、振分荷物に道中笠と草鞋の紐をしっかりと結んでいた。

「それでは、大番頭へよしなにな」

往還に出て一林斎が言えば、イダテンとロクジュが、

「じゃあ、つぎに会うのは尾州でな」

「おう」

ハシリは西へと旅立った。

角屋の女将と女中たちも、

「道中、お気をつけなさんして」

手を振って見送った。

ハシリの姿が見えなくなると、

「もう、お江戸へお帰りですか。ここまでお見送りにおいでとは、よほど大事な旅のお方のようでございますねえ」

と、こんどは江戸へ戻る一林斎たちを、角屋の女将たちは見送った。

足が内藤新宿へ入る前に三人は別れ、それぞれに千駄ケ谷、赤坂、神田須田町へと散った。

一林斎が霧生院の冠木門をくぐったのは、まだ陽があり療治部屋にも患者がいる時分だった。

「父上。きょうはずいぶんと遠出のようでしたねえ」

佳奈は言ったが、どこへとは訊かなかった。

「先生は、高貴なお家にも患者さんがいなさるからねえ」

と、佳奈に灸を据えてもらっていた老婆が、勝手に想像して言った。

「うむ」

一林斎は肯是《こうぜ》するようにうなずいた。

イダテンとロクジュが隣近所の者に、

「ちょいと仕事で長い草鞋を履くことになっちまってよお」

と告げ、なんらの不審も残さず江戸を発ったのは、下高井戸宿でハシリを見送ってから十二日目のことだった。

その前日だった。虫カゴを背負ったロクジュが、下屋敷の勝手門を叩いた。行商人の出入りはすべて勝手門からで、そこへ虫売りが来ても不思議はない。ヤクシが出てきた。

「――まだか」

「――これだ。きのう、やっと小泉どのが上屋敷で……」

「――ふむ」

ロクジュはヤクシから一通の封書を受け取った。

そのロクジュとイダテンが江戸を発った日の夜、冴はまた一林斎にそっと言った。

「こたびの策、うまくいけばいいのですが。ここの庭で三人を瞬時に斃すなど、あまりにも惨《むご》うございました」

「仕方がなかった。だからこたびの策は、是非とも成功してもらわねば。大番頭はきっと分かってくださろう」

一林斎は真剣な表情で言っていた。

イダテンとロクジュも、その策に沿って十二日目のきょう、江戸を発ったのだ。すでに昼間でも、夏より秋の風を感じる時節となっていた。

江戸から東海道を京まで、通常の男の足でおよそ十二日というのが相場だ。その日数でハシリなら飛脚姿を扮《こしら》えて走らなくても、京から大坂を経て和歌山に入れる。それを目処《めど》にイダテンとロクジュは旅姿で江戸を出たのだ。

三人は下高井戸宿で〝つぎに会うのは尾州〟とうなずきを交わしたが、イダテンとロクジュが品川宿を過ぎたころ、ハシリは和歌山城下に入っていることであろう。

入っていた。薬込役の組屋敷で、秘かに児島竜大夫と膝を交えていた。

ハシリがまず竜大夫に告げたのは、一林斎が佳奈に霧生院の立ち位置を話した件であった。これは一林斎の望みだった。竜大夫は大きくうなずきを見せた。一林斎と冴が、あくまでも佳奈を〝わが娘〟として育てる姿勢を見せたことは、竜大夫も厳として〝佳奈の祖父〟になるということであった。

うなずいたあと竜大夫は、

「それだけを告げに戻って来たのではあるまい。さあ、申せ」

「はっ。尾州の処理についてでございます」

ハシリは一林斎の〝策〟を話した。それは、竜大夫が城代の布川又右衛門とのせめぎ合いから、一日たりとも和歌山を離れられないことを踏まえてのものだった。

「ふむ。なるほど」

幾度もうなずきながら聞き終えた竜大夫は言った。

「なるほど、一林斎や冴の考えそうなことじゃ。よし、分かった。そのように準備を整えよう。なれど、かなり難しいぞ」

「はーっ。心得ておりまする」

ハシリはその場で片膝を立て、右手の拳《こぶし》を畳について薬込役が拝命するときのかたちをとり、すぐさま組屋敷を出た足で来た道を返した。

「うーむ」

その背を、竜大夫は心配げに見送った。

ハシリが桑名《くわな》から海上七里の船に乗り、名古屋城下のすぐ南に位置する宮宿《みやじゅく》（熱《あつ》田《た》）の湊《みなと》に降り立ったのは、それから六日後だった。イダテンとロクジュもその日の夕刻に宮宿に着き、申し合わせていた旅籠に三人は落ち合った。

「大番頭も言っておいでじゃった。こりゃあ、難しいぞ、と」

「そう、難しい。下手をすれば、俺たちのほうが抜忍になってしまうからなあ」

「そのとおりだ」

ハシリが言ったのへ、イダテンもロクジュもうなずいた。

尾州潜みの拠点は、名古屋城下にある。そこに和田利治は、遠国潜みのほとんどがそうであるように、薬種屋の暖簾を出している。

五

宮宿の旅籠で、

「ほれ、これじゃ。用意はできておる」

「ふむ」

ロクジュが示した封書にハシリはうなずき、

「鯨舟《くじらぶね》が来るのはあしたのはずじゃ。それを確認してから」

「幾艘か」

「大番頭は、少なくとも二艘と言っておいでじゃった。人を選ぶのに、ちょいと手間取るからなあ」

イダテンが訊いたのへまたハシリが応えた。竜大夫がハシリたちへの助っ人を選ぶのに苦慮するのは無理もない。薬込役の本来の仕組から、組屋敷にも布川又右衛門へ秘かに与《くみ》している者がいないとは限らないのだ。

二日が過ぎた。

夕刻だった。三人が草鞋を脱いでいる旅籠に訪ねて来た船頭風体の者がいた。

「おぉう、おぬしが来てくれたか。これは心強い」

「舟は二艘。一艘に四人ずつ、計八人じゃ。お城には知られておらん」

「ほっ。さすがは大番頭じゃ。俺たちを含めて十一人か。よろしく頼むぞ」

ハシリが迎え、船頭風体の者が言ったのへイダテンが返し、

「さっそく今宵」

言った。現場の差配は、一林斎の指示でイダテンが執ることになっている。

紀州の鯨舟は名のとおり、沖合に鯨を見つければ一斉に浜から漕ぎ出し、取り囲んで銛《もり》をつぎつぎと打ち込み捕獲する舟で、小型だが一丁櫓《いっちょうろ》でも四丁櫓でも漕ぐことができ、薬込役の鯨舟は海岸沿いに、和歌山から志摩半島を迂回し宮宿まで来たのだ。驚異である。薬込役は一林斎たちのように戦国の甲賀の流れを汲む者が主流だ

が、熊野水軍の流れを汲む一群もおり、日ごろから紀伊半島一帯で荷船の監視にあたっているからこそできた離れ業である。

「――これ以上、薬込役同士が殺し合うのは見るに忍びぬ」

一林斎は下高井戸宿の角屋で言った。これが、こたびの策の根幹となっていた。

宮宿で和田利治を鯨舟に乗せ、和歌山まで運んで組屋敷に連れ戻す。拉致《らち》になるかも知れない。そのための舟二艘と人数である。

そこで竜大夫が和田利治に翻意《ほんい》をうながす。

和田には大番頭と敵対しても、現藩主の綱教公の下知に従《したご》うているとの大義名分がある。確かに大義名分だ。竜大夫にも名分はある。光貞公を奉じているのだ。それに、綱教の下知はあまりにも常軌を逸している。

(まず、それをもって説諭《せつゆ》する)

叶《かな》わぬときは、

(綱教公のお命が長くないことを諭《さと》し、利害で釣る以外にないか)

そこまで竜大夫は考えている。一林斎が綱教に秘伝の埋め鍼を打ち込んだことを知っているのは、当人の一林斎を除き、冴と竜大夫だけなのだ。

太陽が西の空にいくらかかたむいた。

「行こうか」

イダテンはロクジュとハシリをうながし、旅籠の精算をした。今夜中に海上七里を漕ぎ渡り、桑名に入る算段だ。

船頭風体の薬込役はすでに舟に戻り、湊《みなと》から離れた海浜で僚輩とともに待機している。イダテンたちとの合流は、

「――日の入り前後に」

と、申し合わせている。

三人は旅姿で旅籠を出た。場所は分かっている。和田の顔も、江戸へ向かう源六の行列に道中潜みをしたとき、確認している。あるいは和田利治もそのとき道中潜みを見破り、三人のうちの一人くらいは顔を確認しているかもしれない。だが、書状がある。和田利治は信用するはずだ。

千駄ケ谷の下屋敷でロクジュがヤクシから受け取った封書には、

――この文を持参せし者、余の存じよりの者につき、よろしく向後の相談をいたすべし
と記され、綱教の花押《かおう》が捺《お》してある。

この花押のために、小泉忠介は光貞のお供で上屋敷を幾度か訪れ、すきを見て捺したのである。もちろん偽造できないことはない。だが、相手は遠国潜みの薬込役である。見破られれば元も子もなくなる。

城下に入った。さすがは尾張《おわり》徳川家六十一万九千石の城下である。江戸の神田や赤坂、四ツ谷に匹敵する町場が広がっている。そうした繁華な町場の裏手に、尾州潜みの薬種屋は、ひっそりと暖簾を出している。

「ご免なさりやしょう」

イダテンは暖簾を頭で分けた。

狭い店内には幾種類もの薬草が並べられ、板の間で屈強そうな男が一人、薬研を挽いていた。和田利治だ。

「はい。いらっしゃいまし」

和田は顔を上げた。そこに旅姿の男が立っている。値踏みするような目つきで和田はイダテンを見た。顔は覚えられていないようだ。

イダテンは言った。

「へい。あっしはお江戸の矢島鉄太郎さまの遣《つけ》えで参《めえ》りやした。これを」

「えっ」

矢島鉄太郎の名が出たことに、和田は瞬時緊張の表情になり、あらためてイダテンを凝視した。

その鋭い視線を受け、

「疑いは無理もありやせん。これを」

「ふむ」

江戸言葉でふところから件《くだん》の封書を取り出したのを、和田利治は左手を伸ばして受け取った。

(相当な手練《てだれ》)

イダテンは値踏みし、封書を渡すと一歩退いた。和田の右手がふところに入り、しかも胡坐を組んでいたのを、片膝を立てて封書を受け取ったのだ。即座に躍動できる態勢で、ふところに入れた右手は匕首《あいくち》を握っているのだろう。

イダテンも所持している武器は匕首と飛苦無のみであり、憐み粉は持っていても、必殺の安楽膏は江戸を出るときから持って来ていない。ロクジュもハシリも、さらに鯨舟を駆って来た八人もおなじである。

和田はその態勢のまま読みはじめた。

奥に人のいる気配がする。名古屋城下の薬種屋には、下働きの老夫婦がいて、

「――この者らは役務とは無縁の者」

ハシリが竜大夫から聞いている。気配はその老夫婦のようだ。

読み終えた。といっても、文面は一行だけである。符号文字でないのが、かえって本物らしい。末尾には、慥《しか》と綱教の花押が捺されている。

「ふむ」

和田はうなずき、右手をふところから出し、書状を両手で押し戴《いただ》いてふところに収め、立てた片膝はそのままに、

「して、そなたの名は。それに、相談とはいかような」

視線をイダテンに据えた。

「へい。江戸は赤坂にて、印判師をやっておりやす伊太と申しやす。お屋敷の矢島さまからは内々の仕事を請《う》けておりやして、へえ。ナゲイさんですかい、投下《なげ》伊助さんの消息を知る者が宮宿に来ておりやす。理由《わけ》あって名古屋城下に入《へ》えれず、ご足労願いてえとのことで」

「そなた、ナゲイを知っているのか」

「へえ。一度会ったことがございやす。猪鍋《ししなべ》の川越屋さんも、あっしの印判の得意先でございやして」

赤坂でのようすは、ナゲイが組頭の和田利治に知らせているはずである。

「ふむ」

和田はうなずき、

「いまからか」

「へえ」

自分たちが泊まっていた旅籠の名を出した。

「ふむ。そこなら知っておる。婆さん、ちと出かけるゆえ、店はもう閉めてよいぞ」

「へえ」

皺枯《しわが》れた声が聞こえた。

二人は外に出た。陽はまだ沈んでいない。

町場に歩を取りながら、

「ナゲイの消息を知る者とはいかなる仁か」

「矢島さまご配下の方で、それ以上は訊かねえでくだせえ。矢島さまから、そう言われておりやすので」

「そうか」

和田は応じ、あとは黙々と歩を進めた。

城下の町並みを出た。

起伏のある畑道を過ぎると、潮騒とともに宮宿の湊《みなと》が見える。二人とも速足で、城下と宮宿を結ぶ往還はさすがに御三家の領内か、荷馬や人通りが絶えない。そのなかに五間（およそ九米）ほど前を進む旅姿はハシリであり、うしろ五間ほどに尾いているのはロクジュだ。薬種屋を出たときからずっと、不測の事態にそなえ前後に挟み込んでいるのだ。

本物の花押が効いたのか、和田はそこに気づいていないようだ。イダテンに対しても、並みの町人ではないと思いつつも、〝矢島さまの内々の仕事〟を請けているというからには、それ相応の者と解釈しているのだろう。

陽が落ちた。

見えていた海が不意に輝きを失い、海上に点々と浮かんでいた白い帆も色あせたように見える。

往還が海浜に出た。その先が宮宿の町並みとなっている。往還のすぐそばまで波打ち際が迫っており、鯨舟に似た小さな釣舟が浜に揚げられ、いま漁師が引き揚げているのもある。

イダテンが不意に足を止めた。

「どうした」

「へい、すいませんです。あの舟のところでごぜえやす」

「なに！」

ようやく和田利治は疑念を持ったか。さらにすぐ近くの浜に泊まり、数人の漁師風体がたむろしている舟を、紀州の鯨舟と看《み》て取ったか。ふたたび右手をふところに入れた。

だが、気づくのが遅かった。秋口の夕暮れは足が速く、すでに人の見分けはつかず影が動いているようにしか見えない。

前後から近寄った影はハシリとロクジュである。挟まれたことを、和田は覚った。身構えてはいるが、まだ匕首は抜いていない。

「そう、それでいいのです、和田さん」

イダテンの口調が変わった。

「おぬしら、国おもての者か、江戸潜みの者か」

「想像に任せよう。ここで大立ち回りを見せれば、和田さん。二度とご城下での潜みはできなくなりますぞ」

「うううっ」

和田は去就に迷った。足早に大八車が城下のほうへ通り過ぎて行った。人足らは、路傍に立つ男たちの緊張したようすに気づかなかったようだ。

「お気づきであろう。あそこに泊まっている舟二艘はわれらの手の者。悪いようには致さぬ。われらに従《したご》うていただきたい」

「うーむ。相分かった」

この場での衆寡《しゅうか》敵《てき》せずを覚ったか、和田はうなずいた。

「手荒なことは致さぬが、刃物は預からせてもらいましょう」

和田のふところに手を入れ、匕首を取り上げたのはハシリだった。

「さあ」

一人の男を三人が囲んでいる。傍《はた》からは一かたまりの影にしか見えない。

海浜に降りた。他の舟にはすでに人影がない。

二艘の鯨舟の舳先《へさき》に吊ってある鉄篭《てつかご》に火が入った。松明《たいまつ》だ。種火は用意していたが、不意に燃え上がったのは、あらかじめ松明に油を塗っていたからだろう。岸辺からは夜釣りに出る舟に見えたことであろう。珍しいことではない。浜から不審を問う声はなかった。

「それでは」

イダテンの声とともに漕ぎ出した。前の舟にはイダテンと和田が乗り、うしろの舟にはハシリとロクジュが身構え、前の舟を見張っている。双方とも四丁櫓で波を切っている。

和田を丸腰にしただけで、手足を縛《しば》らなければ目隠しもしなかった。人質や俘虜《ふりょ》扱いにしたのでは、それだけ竜大夫が翻意をうながしにくくなる。

和田利治も薬込役なら、ここでイダテンや船頭風体たちの身許を訊いても応えのないことは分かっている。だが和田は訊いた。

「どこへ行く」

「えいさーっ」

「よいさーっ」

波の音に、櫓漕ぎのかけ声ばかりが聞こえる。

揺れる舟に、イダテンも押し黙ったままだ。

「まさか、この時分に八里向こうの桑名へ⁉　無謀だ！」

「えいさーっ」

「よいさーっ」

「そうか、分かった。おぬしら、組屋敷の、熊野水軍の者たちだな」

その流れの者なら、無謀も得心できる。

が、つぎの瞬間だった。

「いょーっ」

声とともに和田は立ち上がった。つぎの刹那、すぐそばの櫓漕ぎに体当たりするなり、

「うわわわっ」

声は櫓漕ぎだ。一体となって海面に水音を立てた。

見事だ。おのれ一人ではなく櫓漕ぎと一体になったのは、舟から銛《もり》を滅法に刺し込まれるのを防ぐためだった。

「おぉぉ」

舟の者はイダテンを含め、銛を手にしたが突くことはできなかった。水音と同時に櫓漕ぎの薬込役は和田を突き放していたが、舟から瞬時にはどちらがどちらか見分けはつかない。

だが櫓漕ぎはいずれも、竜大夫が選んだ熊野水軍流の薬込役たちだ。

二艘の舟は横ならびではなく縦に進んでいる。櫓を止めても勢いで舟は前に進む。イダテンの舟から和田の頭はみるみる後方へ去った。同時にそれは、後方の舟に近づ

いたことでもある。和田がいかに泳いで離れようと、舟の速さにはかなわない。落ち着けば、松明の灯りに見分けはつく。和田の頭はすぐ近くの水面だ。

「やむなし!」

一人が叫ぶなり、

「おぉっ」

櫓漕ぎたちは一斉に銛を取った。暗い水面に飛び込んでも、舳先の松明の灯りだけで対手を找《さが》してつかまえるのが不可能に近いことを、かれらは知っている。ひとたび灯りの範囲外に出れば、舟でも找すのは不可能だろう。

見えているうちにとつぎつぎ銛を刺し込んだ。手応えはあった。

「うぐぐっ」

波音に人のうめき声が聞き取れた。が、まだ黒く浮かぶものが見える。すでに銛は届かない。ハシリとロクジュが飛苦無を数本打ち込んだ。波間の水音に、手応えのあったのを感じた。

見えなくなった。潮騒と松明の灯りに見えるのは、黒い波ばかりだ。

「うーむ。この潮の流れじゃ、死体が浜に上がることはあるまい」

一人の櫓漕ぎが言ったのへ、他の薬込役たちはうなずいた。

イダテンの判断は早かった。

「出た岸へ戻ってくだせえ」

「おうっ」

舟二艘は反転し、横ならびになった。

岸辺に降り立ち、

「これでなあ、よかったのかも知れぬ」

「そのとおりだなあ」

ロクジュが言ったのへハシリがつないだ。

和田を逃がしたイダテンを慰めているのではない。本心からの言葉だ。

「…………」

イダテンは無言でうなずいた。

六

「ふむ。そうなってしもうたか。惜しい男じゃったがなあ」

鯨舟で和歌山に帰った熊野水軍流の配下から、報告を受けた竜大夫はうなずき、

「そのとっさの処置、是非もない。さっそく新たな尾州潜みを手当てせねばのう」

組屋敷の中庭で、戻った水練達者な八人へ順に視線をながした。和田利治に海面へ引き込まれた者は、水中で和田を突き離すなり、舟べりにつかまって仲間に引き揚げられていた。

日本橋北詰の割烹でも一林斎が、

「うーむ。そうなってしもうたか。和田利治なる僚輩、役務に殉じたのう」

竜大夫とおなじようなことを口にし、その場で合掌したのもおなじだった。

座には東海道を引き返したイダテンとロクジュ、それに小泉忠介がそろっている。

ハシリは、

「あと数日、宮宿にとどまり、ようすを見るとのことでやすが、もうそこを離れて東海道をこちらへ向かっているころかと……」

イダテンが話した。手応えはあったが、死体を確認していない。

「熊野流さんたちの話じゃ、死体は戻って来ねえとのことでございやしたから」

ロクジュがつないだ。

「尾州の海も、もう冷たかろうからなあ」

小泉忠介がしんみりと言った。

ハシリが江戸に戻って来たのは、秋というよりすでに冬場に入り、水桶を外に出していたなら、朝にはうっすらと氷が張る季節になっていた。

例によって、赤坂のイダテンの長屋で旅装を解き、職人姿で霧生院の冠木門をくぐった。

急患ではなく、待合部屋に入った。一緒に待った腰痛の婆さんに、

「肩がまた凝りやしてねえ」

話しているのが、療治部屋にも聞こえた。火急の事態ではないようだ。

順番が来た。部屋には冴も佳奈もそろっている。

「ちょいと座を居間に移すぞ」

「はい。父上」

一林斎が言ったのへ、佳奈は素直に応じた。

居間に入ると、

「佳奈には、役務のことは追い追いにな」

「へえ。あっしらもそのほうが、やりやすうございますさあ」

一林斎が言ったのへハシリは返した。

やはり宮宿では、四、五日経ても和田利治の死体は浜に打ち上げられず、城下に行って薬種屋に探りを入れても、下働きの老夫婦が、

「――へえ。不意におらんようになって、十日も二十日もしてから、薬草採りに行っていたなどと、不意に帰って来ることがたびたびありますのや」

近所の者に話していたそうな。

「間違いなく、沖に流されたものと……。宮宿の浜に、まだ咲いていた野菊を摘み、供養しておきやした」

ハシリは言った。

そのあと一度和歌山に戻り、しばらく滞在して竜大夫が尾州潜みの後釜を決めるのを待ち、

「帰りはその僚輩と名古屋まで、旅は道連れとしゃれ込みやした。名は水軍流らしく浜辺《はまべ》波久《なみひさ》と申しやして、鯨舟で助っ人に来てくれたときの差配役でした」

いかにも水軍流らしい名に、一林斎は思わず噴き出した。だが、表情はすぐ険《けわ》しいものになった。

遠国潜みは大番頭のみが掌握し、潜み同士が互いに知ることはない。これまでの尾州潜みが和田利治であることを、竜大夫が江戸潜みの者に知らせたのは、源六への道

中潜みの必要性からであった。向後もその必要性はあるものの、最初からハシリに明かし、一林斎に伝えさせたのは、

（あくまで光貞公を奉じ、互いに連携し頼方公を断固護れ）

との竜大夫の重なる厳命と解釈できる。

「きっとそうでございますよ」

一林斎から聞いた冴も、そう解釈した。

名古屋城下の薬種屋では、帰って来たあるじが別人になっていたのへ、下働きの老夫婦は目を白黒させたことであろう。

「浜辺どのはそのまま、二人を下働きにしたようでしたよ」

ハシリは言った。薬種屋の持続性にも、賢明な策だ。

上屋敷にも下屋敷にも、おもて向きには変わった動きは見られない。

ただ、

「綱教公には落ち着きがなくなり、腰物奉行の矢島鉄太郎どのも、このところ苛立《いらだ》っているようす」

と、氷室章助からイダテンを通じて報告があった。ナゲイこと投下伊助と、かれの

取り込んだ浪人たちの消息がまったく分からず、竜大夫配下の江戸潜みの尻尾さえつかめないのが原因であろう。

極月《ごくげつ》（十二月）が近づいた、晴れた日だった。

留左が、緑のほとんどなくなった薬草畑の手入れをしているとき、

「あら、藤次さん」

佳奈が縁側で声を上げ、留左も手をとめ、

「おっ、足曳きの。どうしたい、また足がつったかい」

「なに言ってやがる。このとおり、足腰は丈夫で毎日役に立ってくれてらあ」

庭に入って来た足曳きの藤次は、片足を上げて振って見せた。

「よかったあ」

佳奈は藤次がまたこむら返りを起こしたかと思ったのだ。

「それよりも先生よう」

藤次は庭先から屋内に声を入れた。

「どうした。なにかあったか」

一林斎は鍼ではなく、腰痛の婆さんに灸を据えているときだったから、衝立《ついたて》越しに

藤次へ返した。

「岡っ引の親分さんが、なんなんだろうねえ」

待合部屋にいた二人が障子を開け、縁側に顔を出した。

藤次は庭先に立ったまま話しはじめた。

「あれは春時分でやしたねえ。大川に浪人風体の土左衛門が流れていたってえ話を聞いてからでさあ。まったく犯人の目串も刺せねえまま、つぎつぎと起こった殺しさ。すっかり鳴りを潜めちまったい。薬草売りも消えちまってよ。それでお奉行所じゃこの事件の探索は打ち切りということになった、と……合力を頼んだ霧生院の先生にも伝えておけって……杉岡の旦那からの言付けでさあ」

「ほう」

一林斎は療治部屋から返し、

「へん、だらしねえぜ。とうとう挙げられずじまいでお蔵入りかい」

畑から出てきた留左が言ったのへ、

「あの犯人、探索してなさったのかい。捕まらねえでよかったよ」

「ほんとじゃ。あの殺しは、世のため人のためって噂じゃなかったかね」

待合部屋から顔をのぞかせた爺さんと婆さんが言った。

「なに言ってやがる。殺しは殺しさ。許せねえぜ」

「そう、許せません。あんな殺しは」

冴が言った。

「へえ、ありがとうごぜえやす。ま、そういうことで」

藤次はそれだけを伝えに来たようだ。そのまま帰ろうとするのへ、

「へん。こんど来るときゃあ、こむら返りのときだけにしねえ」

「うるせえ」

留左がからかったのへふり返り、冠木門を出て行った。

「だめよ、留さん。そんなこと言っちゃあ」

「へえ、まあ」

佳奈が縁側からたしなめたのへ、留左は首をすぼめた。

一林斎は安堵の表情になった。冴もおなじ感覚で受けとめたか、目を細めた。大川の土左衛門を含め、一連の殺しへの探索が打ち切られたことに対してではない。

霧生院の隠された立ち位置を話してからも、外に対して佳奈も留左も、日常を以前とまったく変えていなかったからである。

だが、安堵の色をすぐに消した。源六を秘かに護り、佳奈の出自を隠してその安泰

を図るのも、現藩主の綱教が生きているあいだ、ずっと続けなければならないのだ。

このときは顔を見合わせ、互いにうなずいただけだったが、

「おまえさま。まだでしょうかねえ」

また冴が言ったのは、元禄十二年（一六九九）の終わりを告げる除夜の鐘が、あと半刻ほどで聞かれようかといった大晦日の夜だった。

今年の初春に、綱教の体内に打ち込んだ埋め鍼だ。

極細の、一林斎が特番と名付けている鍼で、これを砥《と》ぎ出せるのも一林斎しかいない。目に見えないほどに鋭く砥いだ鍼を打ち、微妙なひねりで尖端を折る。鍼を抜いたとき、尖端部分が体内に残る。それを幾本も……。打たれた当人に自覚はなく、通常の鍼療治だと思っている。

目に見えぬほどの尖端が、筋肉のなかを毎日すこしずつ移動し、体内をめぐる。それらの幾本かが心ノ臓の鼓動へ徐々に引き寄せられる。近づけば鼓動は激しく、心ノ臓に達した尖端がその皮を突き破る。その者は、いかに健康体で元気であっても、瞬時に心ノ臓の動きは狂い、ぱたりと動きを止める。臨終である。

それが打ってからいつになるか、一林斎にも、

「うーむ」

判らない。分かっているのは、その者がなんらの前触れもなく、そう遠くない日にコトリと息を引き取ることのみである。その日を、一林斎も冴も待っているのだ。

元禄十三年（一七〇〇）の元旦、初春のくつろぎのなかに、佳奈がふと言った。

「父上、母上。徳田の爺さまはどうしておいでてでしょう。また内藤新宿の鶴屋さんで会えませぬか」

佳奈は会いたがっている。その表情を見ると、鍼が打てる期待だけではなさそうだ。一林斎と冴は、また顔を見合わせた。

「ふむ。近いうちに、なあ」

「えっ、近いうちに？　いつじゃ」

「これ、佳奈。あのご隠居さまはねえ、こちらがいくら望んでも、向こうから声がからねば会えぬお方です。無理を言うのではありません」

「でもぉ」

佳奈は不満そうだった。

外出時の侍医になっている吉良家からは、向後もときおり声がかかるだろう。佳奈は喜んで代脈を務めよう。だが、上野介では佳奈の心情において、光貞の代役にはならない。綱教の放った刺客を一つ一つ潰《つぶ》していくよりもさらに大きな問題を、一林斎と冴は抱えているのだ。

光貞もまた、佳奈に会いたがるに違いない。声はきっとかかる。それは間もなく訪れるであろう弥生《やよい》（三月）に源六が和歌山に戻り、千駄ケ谷の下屋敷が寂しくなってからになろうか。

その行列の道中潜みに、江戸からはハシリとロクジュをつけることを、一林斎はすでに竜大夫とつなぎを取って決めている。尾州潜みの浜辺波久とも連携し、道中はまず安泰であろう。

佳奈が光貞に幾度か会い、つぎに源六が参勤交代で江戸おもてに出てくるのは、元禄十四年（一七〇一）の春である。

「そのころには、綱教公に打った鍼が効いておればいいのだが」

「はい、おまえさま。佳奈のためにも」

一林斎が言ったのへ、冴は返した。

隠密家族 抜忍

一〇〇字書評

切り取り線

購買動機（新聞、雑誌名を記入するか、あるいは○をつけてください）	
□（　　　　　　　　　　　　）の広告を見て	
□（　　　　　　　　　　　　）の書評を見て	
□ 知人のすすめで	□ タイトルに惹かれて
□ カバーが良かったから	□ 内容が面白そうだから
□ 好きな作家だから	□ 好きな分野の本だから

・最近、最も感銘を受けた作品名をお書き下さい

・あなたのお好きな作家名をお書き下さい

・その他、ご要望がありましたらお書き下さい

住所	〒				
氏名		職業		年齢	
Eメール	※携帯には配信できません	新刊情報等のメール配信を 希望する・しない			

この本の感想を、編集部までお寄せいただけたらありがたく存じます。今後の企画の参考にさせていただきます。Eメールでも結構です。

いただいた「一〇〇字書評」は、新聞・雑誌等に紹介させていただくことがあります。その場合はお礼として特製図書カードを差し上げます。

前ページの原稿用紙に書評をお書きの上、切り取り、左記までお送り下さい。宛先の住所は不要です。

なお、ご記入いただいたお名前、ご住所等は、書評紹介の事前了解、謝礼のお届けのためだけに利用し、そのほかの目的のために利用することはありません。

〒一〇一－八七〇一
祥伝社文庫編集長　坂口芳和
電話　〇三（三二六五）二〇八〇

祥伝社ホームページの「ブックレビュー」からも、書き込めます。

http://www.shodensha.co.jp/bookreview/

祥伝社文庫

隠密家族《おんみつかぞく》 抜忍《ぬけにん》

平成26年 2月20日　初版第1刷発行

著　者　喜安幸夫《きやすゆきお》
発行者　竹内和芳
発行所　祥伝社《しょうでんしゃ》
東京都千代田区神田神保町3-3
〒101-8701
電話　03（3265）2081（販売部）
電話　03（3265）2080（編集部）
電話　03（3265）3622（業務部）
http://www.shodensha.co.jp/

印刷所　堀内印刷
製本所　ナショナル製本
カバーフォーマットデザイン　中原達治

Printed in Japan ©2014, Yukio Kiyasu ISBN978-4-396-34016-2 C0193

祥伝社文庫の好評既刊

小杉健治
闇太夫《やみだゆう》
風烈廻り与力・青柳剣一郎⑨

百年前の明暦大火に匹敵する災厄が起こる? 誰かが途轍もないことを目論んでいる…危うし、八百八町!

小杉健治
待伏せ
風烈廻り与力・青柳剣一郎⑩

絶体絶命、江戸中を恐怖に陥れた殺し屋で、かつて風烈廻り与力青柳剣一郎が取り逃がした男との因縁の対決を描く!

小杉健治
まやかし
風烈廻り与力・青柳剣一郎⑪

市中に跋扈《ばっこ》する非道な押込み。探索命令を受けた青柳剣一郎が、盗賊団に利用された侍と結んだ約束とは?

小杉健治
子隠し舟
風烈廻り与力・青柳剣一郎⑫

江戸で頻発する子どもの拐かし。犯人捕縛へ〝三河万歳〟の太夫に目をつけた青柳剣一郎にも魔手が……。

小杉健治
追われ者
風烈廻り与力・青柳剣一郎⑬

ただ、〝生き延びる〟ため、非道な所業を繰り返す男とは? 追いつめる剣一郎の執念と執念がぶつかり合う。

小杉健治
詫び状
風烈廻り与力・青柳剣一郎⑭

押し込みに御家人飯尾吉太郎の関与を疑う剣一郎。そんな中、倅の剣之助から文が届いて…。

祥伝社文庫の好評既刊

小杉健治
秋雷《しゅうらい》
風烈廻り与力・青柳剣一郎㉑

秋雨の江戸で、屈強な男が針一本で次々と殺される…。見えざる下手人の正体とは？　剣一郎の眼力が冴える！

小杉健治
冬波《とうは》
風烈廻り与力・青柳剣一郎㉒

下手人は何を守ろうとしたのか？　事件の真実に近づく苦しみを知った息子に、父・剣一郎は何を告げるのか？

小杉健治
朱刃《しゅじん》
風烈廻り与力・青柳剣一郎㉓

殺しや火付けも厭わぬ凶行を繰り返す、朱雀太郎。その秘密に迫った青柳父子の前に、思いがけない強敵が――。

小杉健治
白牙《びゃくが》
風烈廻り与力・青柳剣一郎㉔

蠟燭問屋殺しの疑いがかけられた男。だがそこには驚くべき奸計が……青柳父子は守るべき者を守りきれるのか!?

小杉健治
黒猿《くろましら》
風烈廻り与力・青柳剣一郎㉕

神田岩本町一帯で火事が。火付け犯とされた男が姿を消すが、剣一郎は紅蓮の炎に隠された陰謀をあぶり出した！

小杉健治
青不動
風烈廻り与力・青柳剣一郎㉖

札差の妻の切なる想いに応え、探索に乗り出す剣一郎。しかし、それを阻むように息つく暇もなく刺客が現れる！